LE VENT DANS LA MAISON

FRANÇOIS EMMANUEL

Le Vent dans la maison

ROMAN

STOCK

© Éditions Stock, 2004.
ISBN : 978-2-253-11312-6 – 1re publication LGF

Comme *La Leçon de chant* était dédiée à Ismène, *Le Vent dans la maison* fut écrit sous le signe d'Antigone. Ainsi ai-je voulu rendre hommage aux deux sœurs Labdacides dont les destinées hantent les nôtres, adressant, toujours sous d'autres visages, un défi à notre compréhension.

F. E.

Remerciements à Catherine Nabokov.

C'est ta voix que j'ai cru entendre, la sensation de ta voix plutôt, avec cette inflexion lasse, éreintée, comme quelqu'un qui n'attend plus personne mais s'étonne cependant : c'est toi, Hugo, c'est toi ? La porte venait de claquer, la rumeur du dehors s'était brusquement assourdie et je marchais dans ton séjour autrefois surencombré, alors que tout le mobilier avait été repoussé dans un coin, la table et les fauteuils empilés pêle-mêle comme un fouillis menaçant et sombre. Depuis le vestibule la vieille voisine qui m'avait laissé entrer maugréait *quelle misère, monsieur, quelle misère*, d'un ton sentencieux et geignard, sans qu'il me soit possible de lui demander de quelle misère elle parlait, puisque j'étais censé le savoir, puisque c'était en vertu de ce prétendu savoir qu'elle m'avait ouvert ta porte, me prenant sans doute pour quelqu'un d'autre, un membre de ta famille peut-être, ou l'huissier, le propriétaire, qui sait, quelqu'un qui eût le droit légal d'entrer dans les maisons. À moins qu'avec son tablier crasseux et ses grands yeux vides cette vieille fût folle, fêlée à force d'être trop seule, empressée de faire la conversation avec n'importe quel homme de passage pour lui montrer le désastre, et jérémier *quelle misère, monsieur, quelle misère.* Sur l'appui de fenêtre il y avait des photos dans un cadre vitré, la plupart trop lointaines pour que je puisse les détailler, sauf un gros plan où tu souriais en baissant les yeux avec cette touche d'effroi que je t'avais toujours connue, à laquelle les années n'avaient rien changé. Mais ce jour-là, dans ton séjour presque vide, dévasté, puis nettoyé, semblait-il, après dévastation, mon regard glissait sur ton visage comme s'il craignait d'y lire le présage de ce qui s'était passé, cette prescience que l'on prête aux photos mortuaires. Non loin, le répondeur téléphonique était encore sous tension, laissant palpiter à intervalles le voyant rouge lumineux des messages, ce signe-là me paraissant soudain rassurant, tel un témoin de vie, une pulsation obstinée, la preuve que le temps n'était pas tout à fait arrêté. J'ai entendu alors un bruit sourd du côté du garage, c'était comme une chute répétée, un piétinement lourd, émaillé de couinements plaintifs, et quand la voisine fut disparue dans cette direction j'ai pu imaginer un chien tournant comme fou entre les quatre murs de sa pièce et coupant les hèlements de la vieille d'abois miaulés, étranges. Derrière les baies vitrées du séjour, j'ai reconnu le poirier du jardin, plusieurs de ses branches étaient mortes et son tronc s'était ouvert d'une large fissure mais il était resté debout planté dans l'herbe haute comme dans mon souvenir. Non loin il y avait un vieux trépied de balançoire dont les cordes pendaient à vide. Est-ce que la balançoire existait à l'époque ? Je n'étais pas certain. J'ai pensé que tu avais peut-être eu un enfant et je suis revenu fouiller du regard les photographies à la recherche de l'enfant, cette énigme, reconnaissant soudain parmi ces vagues instantanés de fête le visage de ta mère dont le prénom a resurgi dans ma mémoire, *Amalia*. Du fond de la bâtisse, j'entendais à présent revenir la voisine, accompagnée d'un halètement croissant, un bruit de pattes glissant sur le dallage, jusqu'à ce qu'elle s'immobilise dans l'embrasure, tenant au collier un énorme dogue noir dont la gueule lui arrivait à la taille et qui me fixait l'œil brillant, prêt à bondir mais en arrêt cependant, faisant corps avec la vieille dont l'expression semblait soudain résolue, comme si la présence du chien lui donnait enfin autorité. Je vais fermer la maison pendant sa promenade, a-t-elle décrété, et alors, seulement alors, je me suis entendu dire, bredouiller plutôt, que j'étais un de tes amis d'enfance et que je ne savais pas ce qui s'était passé. La femme m'a regardé sans comprendre. Comment, a-t-elle répété, ce n'est pas vous, ce n'est pas vous que madame Sengui... Puis elle s'est laissé tirer par le dogue jusqu'au seuil d'entrée. Là, dans le vent, alors que la bête geignait d'impatience, elle a lancé d'un air farouche : allez donc voir les propriétaires, indiquant d'un geste la bâtisse blanche au-dessus de l'église, chez les Sengui.

Me retournant sur ta maison, j'ai éprouvé de nouveau le sentiment de ne pas tout à fait la reconnaître. Le regard attiré par les volets fermés de l'étage, j'ai tenté de me souvenir de la disposition des trois chambres, en repensant soudain (à cause de l'occultation sans doute) à tes crises de suffocation qui te rendaient si pâle, crispée et comme dédaigneuse, cherchant l'air autant que l'ombre car pour rien au monde tu n'aurais voulu être vue dans ces moments-là. La maison que m'avait indiquée la voisine devait être celle que nous appelions à l'époque la *Villa d'Este,* aujourd'hui repeinte en blanc, flanquée de pelouses en terrasses et débarrassée des taillis sombres qui la rendaient jadis mystérieuse. Et plus je montais sur la route asphaltée, plus s'étendait ce paysage d'autrefois que je retrouvais à l'identique, mais avec encore cette netteté irréelle, comme si je marchais dans un temps qui m'avait quitté pour toujours. La mer au loin dominait les toits d'ardoises, un cargo et une vedette légère y croisaient en silence, événement lent et comme immémorial dans le jeu des gris et des nacres de la lumière embrumée. Après avoir contourné l'église, j'ai poussé la petite

16

grille de la villa et commencé l'ascension de l'escalier de pierre. La douleur à la jambe m'obligeait à m'arrêter toutes les quatre ou cinq marches, j'ai pensé qu'elle voulait comme chaque fois me prévenir de quelque chose, en ce 8 octobre, fin du matin, tandis que je voyais se découper en surplomb derrière la vitre du bow-window l'ombre dressée d'Isabelle Sengui.

Nous sommes restés l'un face à l'autre sans mot dire, elle m'a fait répéter ton nom avec insistance comme si je venais lui annoncer une mauvaise nouvelle, qu'il me fallait la lui dire, et très vite, puis elle m'a invité à entrer, m'a fait asseoir face à elle dans l'avancée lumineuse de son salon, d'où nous découvrions toute la baie. Et je m'entendais chercher mes mots dans le silence comme s'il y avait une erreur à parler de toi à cette femme élégante et froide, au ton sec, impératif de celles qui se savent bien nées. Mais son regard était troublé et je pouvais peut-être m'appuyer sur cette incertitude. Lui dire que nous avions été toi et moi très proches, lui préciser que j'étais haut fonctionnaire en Afrique et que j'avais reçu une lettre de toi, la première depuis seize ans, bizarre, inachevée, ne pas lui dévoiler le contenu de la lettre, si ce fût jamais une lettre, mais expliquer comme à la vieille voisine que je ne savais pas ce qui s'était passé, réitérer mon ignorance face à ses questions, supporter son silence, son incrédulité, jusqu'à ce que détournant les yeux vers la lumière elle se laisse aller à parler de toi, sans te nommer, avec précaution d'abord, comme d'un objet lointain et proche, tantôt lointain, tantôt proche, balbutiant c'est une histoire terrible, *même avec la meilleure volonté du monde, on ne peut pas comprendre ces choses,* et soudain j'étais face à ce que je redoutais d'entendre : une maladie, une maladie qu'elle disait *psychique* (usant de ce mot avec une sorte de réticence) puis ton internement depuis deux ans dans un hôpital à Malherbes. Non, elle n'avait pas eu de nouvelles récentes, elle n'avait plus cherché à en avoir, elle s'était découragée. Et je la sentais d'un coup ébranlée, cherchant, chassant une pensée, revenant poser les yeux sur moi pour marquer son impuissance, désireuse peut-être de m'en dire davantage mais se retenant ou s'en trouvant incapable. On entendait un piano à l'étage, un doigt d'enfant sur un clavier, des notes simples et détachées qui semblaient détailler avec lenteur le spectacle de la baie, le camaïeu des gris lumineux au-dessus desquels la découpe presque immobile du cargo semblait suspendue dans les airs. Comme je lui demandais la route pour Malherbes, mon hôte s'est d'abord lancée dans une explication confuse, hésitante, puis elle a eu un mouvement nerveux vers la fenêtre et, assez brusquement, elle m'a proposé de m'y accompagner le lendemain, j'ai vu dans ses yeux une espèce de résolution subite, comme si elle était soulagée par cette décision, le défi que j'étais venu lui tendre. *Même s'il y a tout à craindre pour cette visite,* a-t-elle ajouté du bout des lèvres. Nous n'avons plus parlé de toi, le reste de la conversation a concerné l'endroit où j'avais passé la nuit précédente, le seul hôtel d'Andas ouvert pendant la saison basse. En me raccompagnant vers le seuil, elle m'a demandé si nous nous étions déjà rencontrés car mon visage lui disait quelque chose. J'ai expliqué que ma famille avait une maison de vacances à Saint-Paul et que nous nous étions peut-être croisés à l'époque, me sachant éprouver à cet instant un sentiment de vague familiarité face à ce visage qui s'était brusquement rapproché et dont l'essence en effet ne m'était pas inconnue (lèvres étroites, pincées, grands yeux verts, inquisiteurs). En bas, la brume achevait de se délier, le soleil perçait vers Saint-Paul et Andas, l'éblouissante clarté de la mer.

Cette lettre qui m'avait été apportée à mon bureau de Niamey par un enfant commissionnaire harnaché d'une bandoulière de cuir et qui balançait d'un pied sur l'autre en attendant que je lui consente un billet avant de disparaître, cet envoi surchargé de timbres, de cachets, et que je retournais sans comprendre, me demandant pourquoi le courrier m'arrivait ainsi en plein après-midi, puis déchirant finalement la garde de l'enveloppe et découvrant sur une feuille de papier ligné ces quelques mots tracés en majuscules : *je ne vais pas bien, Hugo, je ne vais pas bien*, avec au bas de la feuille ta signature embrouillée, enfantine, *Alice Almeida.* Cette lettre datée du 13 janvier, soit deux mois avant ce 11 mars où elle m'arrivait au terme d'un itinéraire chaotique que retraçaient les cachets superposés, l'adresse deux fois barrée puis réécrite, le courrier ayant été d'abord expédié au ministère à Paris puis à mon ancienne affectation à Cotonou, puis de là à Niamey, et je me souviens comme je revenais toujours buter au dos de l'enveloppe sur ton adresse à Orvielle, tracée d'une écriture penchée, régulière, qui n'avait rien de commun avec la tienne, comme s'il y avait là une dissociation, une espèce de bizarrerie, puis peu à peu la preuve que tu n'avais même pas été capable d'écrire ton adresse, je me souviens qu'en un premier temps l'énigme de cette autre présence cherchait à empêcher le retour à ma conscience de tous les souvenirs qui te concernaient, la pensée de toi n'éveillant d'abord qu'une vague alarme, une sensation d'étrangeté, parce qu'il était puissamment étrange que tu m'écrives ainsi ces quelques mots, comme si nous nous étions parlé la veille encore, nous qui ne nous étions plus vus, ni entendus, ni même écrit depuis seize ans. Alors, quand le petit commissionnaire était parti, j'avais fourré la lettre dans ma poche et je m'étais forcé à terminer mon travail. Si loin de prendre alors la mesure du hasard incroyable qui m'apportait ce courrier quelques heures à peine avant mon départ pour Agadez (à la veille de cette interminable journée de bus sur la route écrasée de soleil, désespérément droite au travers de la savane rouge, hérissée çà et là de villages en pisé, semée de troupeaux de chèvres ou de buffles noirs, avec au-devant du bus, à partir de Tahoua, le capot miroitant de la jeep et ses quatre militaires haoussas armés de fusils-mitrailleurs). Et beaucoup plus tard, dans les nuits du désert de l'Aïr, après l'agression, l'embuscade, j'entendrais presque hallucinée la voix de ta lettre, j'entendrais ta voix comme au temps de l'amour, ta voix tout près de mon oreille, commençant, interrompant ta phrase, si bien qu'au feu de cette hantise des pans de la mémoire remontaient par accès brefs, ton corps chancelant dans le contre-jour ou recroquevillé dans l'ombre, les traits de ton visage se fondant aux traits de la femme touarègue qui lavait sans fin ma blessure, dont je sentais le toucher grenu de l'éponge, le jus piquant de l'eau savonneuse, tandis que du peu de mes forces j'essayais de lui intimer de cesser, sentant pourtant qu'elle n'appuyait pas vraiment, caressait plutôt la douleur, éveillait dans mon corps physique une vague, brûlante espérance, avant de reprendre la bassine émaillée et d'aller s'accroupir dans le jour de la tente, en chassant de sa voix aigre les petits enfants attroupés. Et plus tard encore, dans les premiers jours de juillet, lorsque je serais enfin capable de me tenir sur mes jambes, ce serait la même lettre que Moussa-Moïse me rendrait précieusement, du bout de ses longs doigts, parce que c'était le seul papier dont je n'avais pas été dépouillé lors de l'embuscade, et qu'ils connaissent eux l'importance des papiers, comme ces sourates du Coran qu'ils enferment dans leurs grigris de cuir, même s'il ne s'agissait ici que d'un chiffon de lettre pliée en deux et qu'ils avaient dû par inadvertance laver avec ma

22

chemise ensanglantée, au point que l'écriture de l'adresse était devenue illisible, les traits d'encre monstrueusement empâtés, interrompus aux pliures, unique preuve au sortir de ma nuit que je n'avais pas rêvé, que ma mémoire était intacte, comme était tangible ce feuillet collé à l'enveloppe et où je pouvais encore deviner ton nom sous les jambages grossiers de la signature.

Depuis la salle à manger de l'hôtel d'Andas, je regardais deux enfants attirés à la limite des vagues par un cordon invisible, je n'apercevais pas le cerf-volant, seulement les mouvements vifs, coordonnés des deux gosses, face renversée contre le ciel, et pour encadrer ici la scène, cette antichambre sombre où l'on n'entendait ni leurs cris ni celui des oiseaux de mer. Dans ce silence l'hôtelière est venue m'annoncer que la chambre du premier étage était prête, ajoutant qu'avec le chauffage électrique il ne ferait pas trop froid. Cette femme épaisse et sans grâce, traînant deux énormes jambes bandées de bas à varices, semblait porter tout le malheur du monde. Dans la chambre j'ai retrouvé les deux enfants au cerf-volant, son vol prisonnier, courbe, éclipsant par saccades le soleil bas. Vers la gauche, l'avancée de la falaise était surplombée par une chapelle en ruine dont j'ai reconnu avec précision la découpe crénelée, l'œil unique fixé à jamais dans le paysage, sauf que j'avais coutume de le regarder autrefois par le côté de Saint-Paul. Et d'un coup je me suis souvenu de ce périmètre d'herbe rase, ce socle d'autel, cette abside échancrée où j'aimais écouter siffler le vent du large, passer mon doigt dans les inscriptions lapidaires, avant de redescendre par le sentier de falaise, traverser la route d'asphalte et faire miauler le portail de bois de la maison de Saint-Paul. Attablée sous le luminaire de la cuisine, ma grand-mère collait un à un des timbres de commerce dans un carnet quadrillé, elle relevait soudain la tête, son visage aplati par la lumière, son regard agrandi, sa voix rauque : *où as-tu encore été traîner, Hugo ?*, ce souvenir-là tout à coup très proche, à cause du détail de la chapelle en ruine, incendiée, mise à sac, avait-on dit, en l'an mil six cent neuf, et qui me lorgnait de son œil vide, entre Saint-Paul et Andas sur ce versant de l'enfance que j'avais cru oublié. Comme j'avais cru oubliée cette lumière du Nord, aux ombres allongées, aux grèves vastes, horizontales, et qui, si loin de la fournaise africaine, si loin de moi encore, m'enveloppait ici de ses teintes pâles et glacées.

Le lendemain matin, Isabelle Sengui est venue me prendre dans sa Mercedes grise. Les prairies et les forêts glissaient sans bruit derrière les vitres fumées. Nous ne parlions pas. L'essentiel avait été dit au commencement du trajet, énoncé par elle d'un ton sec, comme on livre la version officielle d'un événement. Tu avais eu une petite fille, elle était morte d'apnée à l'âge de huit mois, tu n'avais jamais accepté ce deuil. À l'instant tout semblait s'être résumé à ces seuls mots, apnée, petite fille, deuil, et je sentais qu'Isabelle n'avait pas envie que je l'interroge davantage. Après plus d'une heure de route, la voiture s'est engagée sur un chemin goudronné qui menait au centre hospitalier de Malherbes. Et je me souviens de ce hall garni de faïence jaune, cette guichetière rogue qui consultait sans fin la liste des noms, dans l'odeur de désinfectant, la tiédeur suffocante, avec tout au fond des couloirs une résonance de cris et de heurtements de voix, telle une clameur intermittente qui vibrait dans les salles lointaines. Plus tard quelqu'un nous a installés sans un mot dans un parloir au temps cadencé par une horloge ronde avec au mur la reproduction d'un tableau de Goya qui s'est fixé dans ma mémoire comme *Saturne dévorant son fils*, mais qui devait être autre chose, peut-être un christ ou un portrait princier, je ne sais plus, j'étais écrasé par l'attente, les yeux rivés sur la porte vitrée derrière laquelle glissaient de temps à autre des voix, des pas, des ombres, jusqu'à ce qu'un visage enfin se fixe derrière le croisillon, jeune infirmier à la face pâle, à l'expression embarrassée et qui, cherchant le regard d'Isabelle Sengui, hochait la tête négative-ment, lui laissant entendre que ce n'était pas possible, tu ne voulais pas venir jusqu'au parloir, non, tu ne voulais pas. À la fin et sur l'insistance d'Isabelle, le jeune homme a accepté que nous l'accompagnions jusqu'au pavillon quatorze, au bout d'un dédale de couloirs souvent aveugles, parfois troués par un épais vitrage sale, comme si la nature automnale et par exten-sion le monde n'étaient ici qu'un décor malade, vicié, à jamais hors d'atteinte. Après le portail magnétique, nous avons basculé de l'autre côté, un couloir plus vaste, plus suffocant encore, irrespirable, hanté de pré-sences désœuvrées qui erraient des chambres à la salle commune, certains se balançant sur des fau-teuils, d'autres affalés face au poste téléviseur, d'autres encore occupés autour d'une table à découper du papier brillant de Noël. Et tout au fond de la salle j'ai vu une femme spectre dans le contre-jour, elle me fixait avec une expression de fureur ou d'incompréhension totale, comme si elle allait hurler *mais tu n'as rien à faire ici, ce n'est pas ici que tu dois être, va-t'en !* Et plus tard, dans l'espèce d'étroit bureau où l'on nous avait poussés pour attendre, mais attendre quoi, dans cette sorte de débarras où traînaient en pagaille des grilles horaires et de la vaisselle grasse, je me souviens de ce jeune garçon à la paupière lourde, à l'allure d'ange titubant, et qui était venu me montrer paumes ouvertes ses stig-mates, répétant *toi qui viens du désert, dis-moi pourquoi ils m'enferment, qu'est-ce que j'ai fait pour qu'ils m'enferment ?*, l'infirmier venant l'entraîner doucement par l'épaule, lui parlant comme à un enfant : non, Samuel, non, ce sont des visiteurs, main-tenant laisse-nous seuls, Samuel, retourne dans ta chambre.

La femme spectre se dressant dans le contre-jour à l'instant où j'avais cru te reconnaître, mais ce n'était pas toi, ce quelque chose doux et noir, toi, ce n'était ni la taille de ton corps ni la forme de ton visage, petite sœur aux yeux de velours et qui vingt ans plus tôt fendais la foule à ma rencontre, appuyais tes lèvres contre les miennes, comme le sceau, oui le sceau de ceux qui font l'amour ensemble, même si pendant un instant très court j'avais eu sous les yeux l'image du cloître de l'Igreja de São Vicente, à Lisbonne, lorsque tu t'étais collée au mur, hurlant *mais pars, puisque tu veux partir, pars !* alors que tu savais bien que je ne voulais pas partir, que tu ne t'adressais qu'à toi-même, à celle en toi qui voulait partir, ta voix perçant la rumeur chuchotante du cloître tandis que les visiteurs se retournaient, posaient sur nous un peu de ce regard morne et vaguement curieux qu'ils promenaient sur les espaces.

Et lorsque nous avons repris la route vers Orvielle, j'étais encore dans le souvenir de l'Igreja de São Vicente, la hantise de la femme spectre qui n'était pas toi, sentant Isabelle Sengui profondément troublée, presque au bord des larmes. Un peu avant Andas, elle a arrêté la voiture au bord de la route et ouvert la vitre pour fumer, m'expliquant avec un grain douloureux dans la voix que c'était peine perdue, depuis tout ce temps peine perdue d'aller à l'hôpital, d'obtenir une fois sur deux la permission de te rendre visite dans un parloir enfumé et de chercher vainement le contact avec toi parmi ces gens bizarres qui ouvraient la porte à tout moment. Et toi toujours le regard absent, disait-elle, pas triste véritablement, le regard traversé par une espèce de perdition ou d'incrédulité, comme si tu ne comprenais pas tout à fait qui on était et ce que l'on venait faire auprès de toi, comme si tu n'habitais pas le même monde, *que tu avais conclu un pacte avec les esprits*, aux dires étranges d'un autre patient, un pacte passionnel, résistant à toutes les violences, tous les remèdes chimiques, un médecin ayant parlé de *psychose déficitaire*, un autre de *mélancolie à bas bruit*, tous ces diagnostics auxquels tu finissais par ressembler à force d'être confinée dans ce lieu où tu n'existais plus que sous leur regard. Et eux-mêmes, les médecins et les infirmières, ayant fini par perdre toute illusion de te guérir et par te laisser là au milieu des autres en se contentant d'observer jour après jour les avancées de ton mal. Pourtant je sais, appuyait Isabelle, je sais que quand je lui parle elle m'écoute, j'aperçois dans ses yeux une brève noyade, puis elle détourne la tête, comme pour me dire c'est assez maintenant, c'est assez. Nous étions échoués le long de la route avec de temps à autre le souffle d'une voiture en passage qui approfondissait les silences. Comme je lui demandais si c'était arrivé tout de suite après la mort de l'enfant, elle m'a répondu qu'il devait y avoir un autre commencement, et qu'elle ne croyait pas que l'événement fût à lui seul responsable, tout étant déjà présent pour elle dans cette sorte de bizarrerie ou de fêlure qu'elle avait toujours ressentie à ton contact. Et je la comprenais sans tout à fait la comprendre, je me souvenais certes de tes lubies, tes collections, ta propreté maladive, mais tout cela n'avait jamais été pour moi de la bizarrerie, jamais. Plus tard, elle a souhaité voir ta lettre et j'ai eu un peu honte de lui tendre ce feuillet délavé devant lequel elle est restée longtemps pensive, s'attachant surtout à déchiffrer les dates des cachets. Puis en remettant le moteur en marche elle m'a invité, un peu abruptement, à dîner chez elle. Son mari, a-t-elle dit, allait être ravi que je me joigne aux amis qu'ils recevaient le soir. J'étais étonné par la proposition, je n'avais jamais rencontré son mari, j'ai hasardé que j'allais sans doute les importuner, elle a eu un regard un peu hautain, un léger sourire, comme si elle n'entendait dans ma réserve qu'une formule de circonstance, un acquiescement poli.

Et ce soir-là, à table, tandis que le vent au-dehors souffle en rafales, je revois son mari, Jacques Sengui, il trône au bout de la table ovale, rehaussée de bougeoirs dont la flamme creuse les visages et semble forcer les rires. Tous se tutoient, de temps à autre se taquinent, s'essaient par allusions à réchauffer une vieille connivence. Il y a là un couple de médecins, une galeriste parisienne, et parmi ces visages couperosés par l'excitation, bouffis par la cinquantaine, celui creusé de Solenne Sengui, quatorze ans, sourire intimidé, regard agacé par une longue frange, au-devant de la cuisinière rencognée dans l'embrasure et qui attend un signe de la maîtresse de maison. Je me sens loin de ces hommes et femmes, de ce jeu de la conversation creuse et brillante, qui roule, rebondit, s'emballe, brusquement tombe après les rires, ressuscite en apartés, avant que ne reperce la voix puissante et rêche de Jacques Sengui. Et je me souviens des tablées de coopérants à Niamey ou Cotonou, notables européens rejouant les salons de la bourgeoisie française au milieu de la ville noire, grouillante, famélique. Là, justement, Jacques Sengui m'interpelle, il veut savoir ce qu'était ma mission en Afrique, il aime jouer sur l'équivoque des mots, il ne dit pas fonction mais mission. Ma réponse est nouée dans le brusque silence, les regards se sont tendus vers moi, curieux, un peu goguenards, sauf celui baissé d'Isabelle Sengui, gênée peut-être par ma gêne. Je m'entends évoquer sous couvert d'accident l'événement qui a causé mon rapatriement puis j'ai une phrase un peu désabusée à propos de notre présence en Afrique et ce que l'on appelle encore la Coopération. Le médecin renchérit et la conversation est relancée entre eux, à l'écart de moi, à l'instant où me reviennent en mémoire ces mots de *corps étranger*, cette phrase prononcée d'un ton chantant par le chirurgien cubain de l'hôpital Lamordé : *il est trop tard pour extraire le corps étranger du fémur, monsieur, depuis le temps les tissus se sont réorganisés, il vaut mieux ne toucher à rien,* et moi comprenant alors que je vais devoir vivre avec cette pépite claire qu'il vient d'indiquer sur la radiographie, ces quelques grammes de métal écrasés dans l'os, poinçon, lieu intime de ma douleur, ce qui m'attache désormais à la dune sèche de l'Aïr, et me fait regarder avec étrangeté cette assemblée de dîneurs dont les visages ressemblent à des masques dans le miroir de la baie vitrée, de ce côté-ci de la nuit, la bourrasque au-dehors, noir soulèvement du monde. La Parisienne s'est tournée vers moi, elle use de précautions mondaines pour savoir ce que je suis venu faire à Orvielle. Je ne parle pas de toi, j'évoque la maison de Saint-Paul que je dois achever de vider avant sa vente. Elle désire d'autres détails, me tourmente avec mes souvenirs d'enfance, le jardin emmuré, la pièce d'eau, la serre aux vitres brisées de la maison de Saint-Paul. De sa voix rauque de fumeuse elle vient réveiller dans le brouhaha des conversations croisées, ébrieuses, la mémoire ankylosée de la maison de ma grand-mère, tandis que mon regard croise par moments celui de Solenne Sengui, seule, forcément seule au milieu de la tablée, et dont le visage à mi-métamorphose laisse percer parmi les rondeurs enfantines les premiers traits, aigus, de la jeune femme. À côté d'elle, sa mère est tout entière tournée vers le médecin et je devine qu'ils parlent de moi, *il ne l'a plus vue depuis seize ans,* dit-elle, le médecin m'avise à la dérobée, entre eux la cuisinière approche le plateau des desserts, on s'extasie de ces petits gâteaux de couleur, on rit.

Il devait être une heure du matin quand Isabelle a offert de me raccompagner à Andas. Elle conduisait nerveusement, comme sous le coup d'une exaspération. À ma surprise elle m'a prié de l'excuser pour la rudesse de son mari, son absence de tact, expliquant qu'il avait toujours besoin d'être au centre des conversations, de tout ramener à sa propre personne. De toute façon, a-t-elle ajouté, j'ai bien senti que vous n'étiez pas vraiment parmi nous. Les phares de la voiture projetaient un faisceau jaune sur la route d'asphalte dont les arbres en bordure fonçaient vers l'arrière à toute vitesse. Un moment je me suis aperçu qu'elle ne prenait pas la direction d'Andas mais obliquait plus tôt vers la mer, traversait un hameau endormi puis s'engageait sur un chemin étroit qui sinuait jusqu'à la falaise. À la croisée d'un autre chemin un panneau indiquait *Argilès* et l'on distinguait dans la déclivité des masses rectangulaires, des hangars sans doute, vaguement éclairés par un unique luminaire qui pendait à un pieu. Immobilisant la voiture sur le chemin, Isabelle a murmuré c'est là qu'on l'a retrouvée au fond d'un box à chevaux, *là dans le fond, dans le trou le plus noir de là,* et elle a appuyé avec une sorte de fascination : *folle, folle.* Nous sommes sortis dans le vent, des chiens aboyaient du côté des hangars, de grandes roues de foin plastifiées luisaient dans le halo du luminaire, la masse noire de l'océan se devinait en surplomb. Un temps nous avons marché dans la direction des hangars puis nous sommes revenus sur nos pas, Isabelle grelottait dans son ciré blanc mais semblait avoir peine à s'arracher à l'endroit. Dans la voiture elle est demeurée un temps silencieuse avant d'amorcer, comme rageusement, le demi-tour du véhicule. Plus tard, alors que nous retraversions le hameau à une allure plutôt lente, elle a émis d'une voix sourde : *vous devez savoir qu'il y a eu une histoire entre mon mari et elle,* puis elle n'a plus desserré les lèvres jusqu'à Andas. Je ne comprenais pas pourquoi elle se livrait ainsi, je ne crois pas qu'elle attendait que je l'interroge, il me semblait aussi qu'un tel aveu d'humiliation dans la bouche d'une femme que la veille encore je ne connaissais pas rendait toute question dangereuse. Devant l'hôtel elle paraissait avoir retrouvé sa contenance, je suis désolée pour cette soirée, a-t-elle conclu un peu sèchement, on croit parfois certaines rencontres possibles, ne m'en voulez pas.

Nous parlions de la maison de Saint-Paul. La vieille hôtelière se souvenait très bien du temps où les volets étaient peints en bleu avec la Citroën de mon grand-père qui stationnait devant le garage. Dans son souvenir il y avait aussi un enfant qu'elle voyait jouer seul autour de la pièce d'eau. Elle devait savoir que cet enfant ne pouvait être que moi mais elle parlait de lui à la troisième personne comme s'il s'agissait d'un enfant disparu à jamais. J'évaluais à près de quarante ans la distance qui nous séparait de cet enfant, me disant que cette salle à manger d'hôtel n'avait peut-être pas été rafraîchie depuis ce temps-là, ni les chromos aux ciels jaunis, ni le buffet de chêne sombre, ni les étains empoussiérés. Nous étions là à évoquer le passé et je la regardais dans son tablier à fleurs, avec sa boîte à sucres pressée contre son ventre et ses grands yeux embarrassés de mémoire. Elle n'a pas parlé de ma grand-mère mais il m'a semblé qu'elle avait dû la connaître et que d'ailleurs elle lui ressemblait un peu, comme toutes les vieilles se ressemblent, quelque chose de sa présence dans l'hôtel me ramenait à la lente, haletante déambulation de ma grand-mère, ses longs soupirs rauques et ses apparitions hagardes, vieille mère mythologique qu'enfant j'appelais Mana ou Mahouna et qui venait couvrir mon sommeil de son ombre toujours tendre. Ce même jour, sur le seuil de la maison de Saint-Paul, alors que la jeune employée du bureau notarial tournait la clef dans la serrure, tout m'est revenu avec force : le graillement du mécanisme d'ouverture, le basculement de la porte métallique aux barreaux de fer torsadés puis l'appel du vide au-dedans, l'appel de l'obscur, l'envie d'aller *de l'autre côté* comme pour vérifier, voir, ici le hall dévoré de lumière, là l'ancienne salle à manger, la cuisine aux faïences ébréchées, nues, le sol non pas cotonneux comme dans les rêves mais dur, réverbérant nos pas et nos voix jusqu'à la limite des baies vitrées sales. Derrière elles se devinaient le jardin en friche, une vieille grille rouillée déposée obliquement contre le muret d'enceinte et la pièce d'eau noire masquée par les herbes hautes. Insistante, la voix de la jeune clerc inventoriait les dégâts de l'humidité, revenait sans cesse au problème d'une corniche en façade mer, des travaux qu'ils n'avaient pas voulu faire sans ma permission, mais je l'entendais à peine, je la regardais consulter ses notes, relever vers moi ses grands yeux ombrés de turquoise, éprouvant envers elle, ses efforts pour être parfaite, une espèce de lasse indifférence (comme vous semblez croire à votre métier, petite dame au tailleur bleu nuit, maquillée comme une hôtesse de charme). Plus tard, elle m'a ouvert le garage et, devant cette ténèbre encombrée de meubles, je lui ai signifié d'un ton rude que je comprenais très bien qu'il allait falloir trier tout cela, mais que je n'en avais pas encore la force. Quand nous sommes ressortis, elle m'a tendu le jeu de clefs en me demandant si j'avais vécu dans la maison. J'ai senti l'appui timide, un peu effrayé, de ses yeux et je n'ai pas pu répondre.

Ce jour-là je me suis perdu dans les forêts entourant Malherbes. Je suis arrivé à l'hôpital dans la soirée et ils m'ont laissé entrer au pavillon malgré l'heure tardive. Ils m'ont même indiqué ta chambre, au bout du couloir. Avant de m'y introduire l'infirmière a eu ces mots : *parlez-lui, même si elle ne vous parle pas*, puis elle a refermé la porte. C'est une chambre de deux, je suis assis sur un des lits, tu es couchée sur l'autre, dos tourné face à la fenêtre. Dans le silence et la pénombre envahissante je n'arrive pas à te parler, je vois ton cou très blanc, tes cheveux en désordre, tes jambes repliées en chien de fusil, tu es vêtue d'un pyjama de coton noir et tes pieds sont nus. De l'autre côté de la cloison j'entends les cris d'un téléviseur et parfois provenant du couloir une péroraison mâchonnée, grondante, dont le murmure s'accompagne d'un pas de savate qui traîne. Au commencement ma voix explore l'espace vide, je m'entends balbutier à propos de ta lettre, je sens que tu n'écoutes pas, tu n'es pas atteinte, mais puisque l'infirmière m'a dit de parler, je parle, *comme aux comateux qui peuvent entendre,* je parle de ta lettre reçue la veille de mon départ pour Agadez, cette mission dans l'Aïr dont personne ne voulait au bureau de Niamey, parce que c'était peine perdue, disaient-ils, je parle du nommé Bern Atirias dont j'avais la charge impossible d'éclaircir les circonstances de la mort, personne ne pourrait comprendre pourquoi ce soir-là, te retrouvant après seize ans, mutique et totalement insensible à ma présence, je te parle de l'histoire de Bern Atirias. Lorsque la lumière est devenue si faible qu'on ne voit plus que le contour de ton corps, je sens peser le silence et je me lève pour allumer la veilleuse. À cet instant-là, alors que je suis dans un angle de la chambre, je ressens d'un coup ta présence, j'entends ton souffle court, rapide, et soudain ce n'est plus une absente à laquelle on parle comme à soi-même, c'est quelqu'un qui vit dans le même volume, aspire anxieusement l'air de la pièce, c'est comme l'irruption du réel dans le rêve, toute la masse de la mémoire qui se soulève : tu es là. Je cherche en vain l'interrupteur de la veilleuse, je m'approche du pied du lit pour voir ton visage mais je n'aperçois que les taches plus claires de tes yeux grands ouverts. Je bredouille que je reviendrai, je griffonne à l'aveugle le numéro de l'hôtel, l'infirmière fait un signe à la porte. Je marche dans le couloir sans me retourner.

Entêtée, brusquement absente, inaccessible, faisant mine de ne plus me connaître, hurlant dans le cloître de São Vicente : *mais pars puisque tu veux partir, pars !,* et le soir de ce jour, face à la fenêtre de la petite pension d'Alfama, lorsque tu arrachais l'un après l'autre, méthodiquement, les liens qui nous tenaient encore ensemble, répétais d'un ton morne : tu le sais depuis le début, tu sais que ce n'est pas possible, Hugo, mais tu t'inventes des histoires, tu sais que je ne suis pas une fille pour toi, tu sais très bien que j'ai la poisse. Et dans le lit cette nuit-là, lorsque tu me criais *ne me touche plus, ne me touche plus,* faisant peser d'heure en heure ton silence, refusant même la querelle, plus un mot, plus un regard, n'était par moments cet éclat sombre, cette noire jouissance dans l'œil lorsque tout était tranquillement dévasté autour de toi, que nous nous savions aller vers l'inéluctable fin des choses, la fin précipitée de ce voyage que tu avais désiré, avais-je voulu croire, le jalonnant à l'avance des noms de lieux de ton enfance, toi seule désormais, hautaine dans ta ville natale, hurlant que je cesse de te suivre et hâtant le pas pour disparaître, tandis que montait du Tage une blanche odeur de mort, et qu'enfin je laissais filer dans la foule la tache vive de ton manteau. Puis, derrière ces souvenirs, écrasées contre ceux-ci, les tremblantes images du commencement, lorsque nous faisions l'amour les premières fois dans ta chambre d'Orvielle, alors que nous étions tous deux si jeunes, si effrayés de nos corps, et si inquiets des bruits autour de la maison, lorsque l'amour était un péché mortel, tant honni et tant désiré, ces dimanches où ta mère partie nous apprenions l'un de l'autre cette chose interdite, ce centre du bonheur au monde, ce tâtonnement yeux clos dans la lumière (parce qu'il ne fallait pas tirer les rideaux, disais-tu, de peur que ta mère en descendant du bus n'aperçoive de loin ce détail), et l'inconcevable essai des corps, être et avoir un corps quelle étrange chose, s'enfoncer, perdre, d'un seul coup perdre, la sensation du ciel et de la terre, et sentir se croiser nos souffles, comme si nous avions couru et qu'ensemble, le cœur battant, nous reprenions haleine, vivant désormais dans l'intimité des peaux intérieures, ce pour quoi nous n'avions aucun mot, sauf en ce qui cernait la scène, menaçait la scène : la chienne qui aboyait en bas ou l'image au loin de ta mère dont nous guettions

42

par la fenêtre la silhouette monumentale et sombre, grandissant vers nous sur la route d'asphalte, avec son fichu noir, son manteau tombant et ses deux paniers à provisions. Plus tard, après le claquement de la porte d'entrée, elle t'apostropherait d'un ton sec : *Elis,* dans cette langue rêche et chuintante dont vous vous serviez pour vous tourmenter, et je quitterais la maison par la fenêtre du jardin. Nous nous retrouvions le lendemain au bout d'une jetée, cernés par le fracas des vagues, nous nous y adonnions à la liturgie extrême de l'étreinte, vacillant comme des danseurs, nous nous donnions rendez-vous dans la pénombre anfractueuse des bunkers, là où reviendraient les gestes intimes, le dépliement des caresses, ton visage à nouveau basculé et hagard, refusant puis cédant, cédant encore, laissant affleurer dans la faible clarté un sourire comblé et absent à lui-même, comme si tu ne pouvais pas croire à ce que tu voyais, insistais encore : mais où sommes nous, qui es-tu, où allons-nous, qu'avons-nous fait pour être ici ? Parfois nous passions nos après-midi à déambuler dans les venelles du port, toi marchant d'un pas rapide, affectant cet air détaché, libre, des étrangères en promenade, et je te regardais fendre la foule sans te retourner, t'arrêter fascinée au pied d'une grue piaulante, à deux mètres des immenses coques métalliques dont s'épelaient les noms dans la nuit montante, *Almeria, Rostov*, et je tremblais alors, jeune homme, je tremblais déjà de te perdre.

Je ne sais si Isabelle Sengui s'attendait à mon appel, elle semblait un peu décontenancée mais n'a pas refusé de me rencontrer le lendemain. Le rendez-vous a été fixé dans le seul restaurant d'Andas ouvert pendant la saison basse. La salle à manger y était prolongée par une longue verrière qui s'avançait vers la mer et nous nous sommes installés à la table la plus éloignée, presque en bord de plage. Je crois qu'Isabelle était troublée par mon désir de la rencontrer, gênée sans doute par ce qu'elle m'avait dit l'avant-veille. Je l'ai interrogée sur toi, j'avais envie qu'elle me dise tout ce qu'elle savait. D'abord un peu réticente elle a fini par reparler de la mort de l'enfant, cette petite *Maïté* que tu avais retrouvée sans vie à l'âge de huit mois. Il s'était passé ce matin-là quelque chose d'étrange, m'a-t-elle dit, tu n'avais pas vu, tu n'avais pas voulu voir, tu avais refermé la porte de la chambre de l'enfant et

tu étais allée à l'école pour donner ta classe comme
d'habitude, le soir lorsque tu étais passée chez la gardienne pour reprendre l'enfant comme chaque soir,
alors, seulement alors, face au désarroi de la vieille
dame, la terrible prise de conscience avait eu lieu. On
avait mis ce comportement sur le compte du choc, et
tu avais paru d'ailleurs recouvrer tes esprits, accueillant
la compassion des proches sans cris ni chagrin trop
visible. Et lorsqu'elle était venue te rendre visite dans
les jours qui avaient suivi, elle t'avait trouvée juste un
peu trop calme, un rien absente, dans ton environne-
ment toujours en ordre, impeccablement agencé. C'est
deux ou trois semaines plus tard que l'on avait soup-
çonné à l'œuvre une espèce de fêlure, de dérangement,
lorsque le voisinage s'était saisi de tes comportements
bizarres comme de garder tes rideaux fermés pendant
la journée, d'errer du côté des plages ou de marcher
sur la départementale entre Méaux et Aransart, aller et
retour au pas de course, sans faire attention aux voitures. Puis il y avait eu une longue absence et l'on avait
pensé que tu étais retournée dans ta famille, on avait
pensé que c'était bien, ta remplaçante à l'école était
quelqu'un de bien, nul ne devait t'attendre. Mais en
janvier ou en février de cette année-là la rumeur s'était
mise à colporter l'idée que tu n'avais jamais quitté la
région, que tu logeais dans les hangars à fourrage, les
résidences secondaires vides, que c'était toi la femme
ébouriffée dont on apercevait au loin la silhouette

grossie par plusieurs manteaux, des sacs plastique en bandoulière et un chien-loup dans les parages. Puis on avait constaté des déprédations, un début d'incendie dans une résidence et même une camionnette en feu près de la décharge aux oiseaux, l'inquiétude avait gagné les villages. C'est au manège d'Argilès qu'ils t'avaient cueillie un jour au petit matin, cernant le hangar avec trois combis de gendarmerie, c'est là que réveillée par les gendarmes Isabelle avait tenté d'aller vers toi pour te parler, pensant innocemment que tu accepterais de la suivre. Parmi les chevaux brutalement sortis des box et qui tournaient affolés sur la piste, c'est l'image de cette femme blottie, épouvantée par les cris, les bruits, les projecteurs et serrant à sang autour du poignet la corde qui la reliait à son chien. Isabelle a détourné les yeux et s'est tue. J'ai voulu savoir si l'on connaissait un père à la petite et s'il s'était manifesté après son décès. Elle a eu une réaction troublée, cherchant à soutenir mon regard elle a déclaré : je ne connais pas le père de Maïté, jusqu'ici c'était une enfant sans père, puis elle a ajouté après un silence : ce que je vous ai dit l'autre soir à propos d'elle et mon mari est une histoire beaucoup plus ancienne, je n'en ai jamais parlé à personne, *j'aimerais que vous sachiez cela.*

Est-ce que la perte de votre amitié était la consé-quence de ta liaison avec son mari ? lui ai-je alors demandé, sentant que cette question était à la limite de l'indiscrétion. Elle a répondu que tu étais venue lui révéler la chose avec des larmes dans les yeux, et qu'alors elle t'avait, croyait-elle, pardonné. Mais l'amitié avait dû se perdre à ce moment-là, vous ne vous étiez plus vues que de loin en loin, elle était redevenue ta propriétaire. Perdre quelqu'un est parfois si facile, a-t-elle soupiré, il suffit de laisser les choses s'interposer, on s'oublie, on s'évite, on prend d'autres chemins. (Et dans le silence de cet aveu je sentais que nous devenions plus proches, nous accédions enfin à cette fluidité du dialogue qui fait oublier le temps, j'avais aussi l'impression que s'enracinait plus profondément le vague souvenir qu'Isabelle m'avait laissé d'elle des années auparavant : quelqu'un qui n'était pas du même monde mais dont la beauté un peu froide avait dû brièvement me séduire.) Puis elle a reparlé de ce quelque chose d'étrange qu'elle avait toujours connu chez toi, quelque chose, disait-elle, que l'on regardait avec d'autant plus d'étrangeté que l'on savait ce qui s'était passé, et je n'aimais pas cette façon de te juger à rebours même si je ne pouvais ignorer ce qu'elle voulait dire : tu es nue sur le lit dans la chambre d'Orvielle, tu dis un jour je vais mourir, toi aussi, Hugo, c'est incroyable de penser cela, nous marchons sur le sentier côtier, tu longes l'extrême bord de la falaise, tu lâches ma main et tu fixes en bas la petite crique, les goélands planent au-dessous de nous, rien ne peut t'arracher au spectacle du vide, nous parlons, nous sommes occupés à parler dans la pénombre de ta chambre, brusquement tu me fais promettre de ne jamais, au grand jamais, répéter ce que je viens de dire, ces mots que j'ai oubliés, qui me semblent sans importance, nous marchons côte à côte et tu fais un pas d'écart, tu reviens, tu refais un pas d'écart, tu reviens, tu enfonces tes ongles dans la chair de mon bras et je ne comprends pas, il n'y a rien à comprendre, le vent souffle autour de nous, tu appuies ton front contre ma poitrine, tu mets mes mains sur tes oreilles, tu demandes de serrer à toute force, comme un étau, un casque, et je ne sais si c'est pour faire barrage à ces voix qui à d'autres moments affleurent sur tes lèvres ou traversent ton sommeil. Est-ce que nous n'avons pas tous un peu l'âme folle ? ai-je demandé à Isabelle.

Après le repas nous avons marché sur la plage. De petits échassiers s'envolaient en nuées pour picorer toujours plus loin, à la limite des vagues. Vous avez dû l'aimer beaucoup, m'a-t-elle fait remarquer. Je lui ai répondu que ce n'était pas une question d'amour, c'était comme un appel à rester ou à poursuivre, sans savoir où cela pouvait me mener, j'ai ajouté que depuis mon accident en Afrique les choses avaient pris pour moi un autre sens, ma raison de vivre était ailleurs, à la fois plus profonde et plus hasardeuse. Je n'ai pas parlé des circonstances dudit accident, encore moins de l'histoire de Bern Atirias, et elle a dû

comprendre ma réticence car elle ne m'a plus interrogé. Nous avons marché un temps en silence puis elle
s'est arrêtée brusquement, traversée par une pensée,
un nom, *Sara Mekhitarian*. C'est une femme qui a dû
compter pour elle, m'a-t-elle dit, elle lui donnait des
cours de danse, elle l'a hébergée à l'époque, vous
devriez la rencontrer. Et il m'a semblé comprendre à
cet instant-là combien Isabelle Sengui désirait me voir
accomplir ce dont elle se sentait empêchée ou incapable. Comme elle ne possédait pas l'adresse de Sara
Mekhitarian, elle a proposé que je la raccompagne à
Orvielle, nous sommes repassés par le bas du village
et à ma demande nous nous sommes arrêtés chez toi.
Sur le seuil nous sommes tombés nez à nez avec la
voisine qui s'apprêtait à sortir le chien. Les quelques
mots cassants, utilitaires que se sont échangés les
deux femmes en disaient long sur leur relation. Ta
pièce de séjour me semblait plus basse en cette fin
d'après-midi sombre, dans l'escalier étroit qui menait
à l'étage j'ai retrouvé intacte l'impression de
pénombre veloutée, étroite et oppressante qui prélu-
dait jadis à nos retrouvailles. Ta chambre était restée
presque la même, hantée par une même odeur, avec
des coussins rayés sur le lit simple, tes robes pendues
à des cintres (leurs cols relevés, brodés, dentelés, leurs
imprimés toujours sombres, gris, marron, prune,
comme ta mère s'habillait rituellement de noir,
comme les vieilles de ton pays se drapent de la

couleur des nuits dans la lumière trop blanche) et ta petite table encombrée d'anciennes boîtes à cigares où étaient rangés selon leur taille crayons et porte-plumes, petits pinceaux en poil de martre, gommes et règles millimétrées, instruments de ta méticulosité lorsque des heures durant, penchée à quelques doigts du carnet de croquis, tu dessinais des insectes, des intérieurs de fleurs, des feuilles filigranées, avec la patience obstinée des naturalistes d'antan. Rien, non rien qui attestât du drame, simplement de la poussière sur les choses et de la saleté sur les vitres face au jardin en friche et à la route asphaltée qui plus haut faisait un coude. Isabelle et moi nous gardions le silence, j'étais entré dans la chambre, elle demeurait sur le seuil, à demi cachée par l'ombre, comme si tel était en effet son dessein ou plutôt notre entendement : me permettre de m'introduire dans tes espaces et se tenir elle en retrait, en initiatrice. De l'autre côté du palier la chambre de ta mère m'est apparue infiniment plus lumineuse que dans mon souvenir. Et dans la troisième chambre, avec son plancher en bois blond et ses murs tapissés de motifs bleu clair, il y avait le lit-cage et la petite armoire en bois peint. En bas, la buanderie était encombrée de géraniums sur des tré-teaux, leurs tiges boursouflées et proliférantes. Nous avons fait quelques pas dans le jardin. *Jusqu'où peut-on garder courage ?* a murmuré Isabelle sans que je comprenne qui concernait cette question et si elle m'était adressée. On voyait se silhouetter la voisine dans l'embrasure de la buanderie, le dogue faisait corps avec elle, gueule ouverte, repu d'avoir pris l'air.

Mais d'où vous vient cette incroyable obstination ? avais-je demandé à la sœur de Bern Atirias. Et elle m'avait répondu à sa façon, hautaine, querelleuse, que c'était bien là une remarque de fonctionnaire, qu'elle espérait pour moi que je ne connaîtrais jamais le drame de la disparition d'un proche, non, jamais elle ne souhaiterait ça à ma vie tranquille de fonctionnaire. Et j'avais dû ravaler ma colère, reprenant l'un après l'autre les effets et documents que lui avaient transmis les autorités nigériennes et qu'elle venait de déposer sur mon bureau de Niamey, soit le permis de conduire de Bern Atirias, une monture de lunettes, et la photographie, il est vrai indistincte, d'un corps, ou plutôt d'une espèce de cadavre à demi ensablé, rongé par le soleil, avec un pan de chemise à carreaux bien visible et un trait au crayon qui précisait la date au coin supérieur gauche, *4 juillet 097* (sans doute 1997).

Croyez-vous une seconde à cette farce ? avait-elle ren-
chéri dans le silence, répétant ce qu'elle m'avait déjà
dit, que rien ne correspondait à rien, ni les lunettes, ni
la date mentionnée, ni l'inscription à l'encre au dos de
la photo, *Azeghoueï,* sans le moindre rapport avec les
coordonnées indiquées dans le procès-verbal. Et quand
je lui avais demandé si elle était allée là-bas interroger
la gendarmerie locale, elle m'avait fusillé du regard,
maugréant que je devais le savoir puisque c'était dans
le dossier, qu'elle y était même allée deux fois, ren-
contrant là-bas plusieurs officiels dont un colonel
nommé Mahmoud, Sileima Mahmoud, et que personne
n'avait pu lui donner une réponse cohérente à propos
du cadavre de la photographie, parce que tous, du
commissaire en chef au moindre caporal, tous se dam-
neraient plutôt que de changer un seul mot à la vérité
religieuse du procès-verbal. Et pourquoi me répon-
draient-ils autre chose qu'à vous ? avais-je demandé
d'un ton trop doux pour être neutre. Je l'avais vue alors
serrer les dents, prendre une ample respiration pour
garder contenance et m'expliquer en détachant ses
mots que j'étais un officiel et que dans ce pays
d'arriérés les officiels valaient un peu plus que les
femmes. À ce moment-là j'avais compris qu'elle était
la plus forte, sa folie, son entêtement plus forts que
toutes mes préventions, ma fatigue et le sentiment de
l'absolue inutilité de cette démarche, j'avais aussi
compris qu'avec sa colère et son mépris elle était la

pire ambassadrice de sa propre cause auprès des notables d'Agadez. De toute façon, il me faudrait y aller, l'affaire était entendue dès avant qu'elle n'entre dans la pièce, quand annexé aux lettres d'avocats, aux formulaires de *Recherches dans l'intérêt des familles,* aux multiples requêtes adressées à la présidence de la République ou au cabinet du Premier ministre, et toutes envahies par sa signature géante, *Claire Atirias*, j'avais eu en main ce petit mot manuscrit du consul, lapidaire comme à son habitude : *pas le choix, hier encore un appel de Paris à ce sujet, profitez d'une mission consulaire, voir à tout le moins préfet et gendarmerie, « ut aliquid fiat videatur ».* Alors, quand d'un soupir, d'un bref signe de tête, j'avais marqué mon accord, je l'avais vue instantanément se décomposer devant moi, sa fureur muée en sanglots secs, nerveux, incoercibles. Après ceux-ci nous étions restés face à face sans pouvoir parler, tous deux en sueur dans ces premières chaleurs de mars, et tous deux hagards comme des lutteurs après un corps à corps dont la violence les aurait débordés. Et je la regardais comme pour la première fois : sa peau très rouge d'Européenne, le foulard islamique qui découvrait ses cheveux châtains et dans son visage aux traits anguleux, presque mâles, cette lueur forcenée de tragédienne. Pensez-vous qu'il soit encore vivant ? lui avais-je alors demandé. Elle avait haussé les épaules comme si la question était sans objet. Mais plus tard, tandis qu'elle se raidissait pour me tendre la main, sa voix s'était brisée : ce n'est même pas l'idée qu'ils nous cachent quelque chose, monsieur, c'est le souci de sa mémoire, comprenez-moi, si je ne vais pas jusqu'au bout du possible je serai pour toujours indigne à moi-même.

Au téléphone la voix était fluette comme celle d'une petite fille, elle me disait qu'après mon départ tu étais restée debout toute la nuit et que lasse de te voir aller et venir autour de la cabine téléphonique elle t'avait pris le papier des mains pour composer elle-même le numéro de mon hôtel. Peut-être serait-il bon que vous reveniez la voir, a-t-elle proposé après un long temps mort où l'on entendait la rumeur de la salle. J'ai mis un moment à comprendre, je ne connaissais pas cette jeune femme prénommée Laure et qui se disait être ta compagne de chambre, je me souvenais seulement de sa table de nuit encombrée de peluches et de sa taie d'oreiller en dentelle, tranchant sur le couvre-lit de coton austère sur lequel je m'étais assis.

Le lendemain, ils m'ont fait entrer dans un parloir et tu es là. Autour de nous cinq ou six chaises rembourrées, une table basse, des vieux magazines. Tu es assise en demi-profil détourné, mains posées sur les genoux, regard vers la fenêtre, tu es vêtue d'un pull noir échancré, un pantalon noir, ni bijoux ni maquillage, ta main gauche dans un gant de cuir noir, par moments tu as un bref mouvement de tête, une secousse, je vois ton visage creusé, pâle, ton regard poché de cernes sombres, mais vaste, toujours vaste, comme je l'ai aimé, il me semble que tu n'as pas vraiment changé, que je te reconnais dans l'acte de voir, même si je ne ressens rien de l'élan qui autrefois me portait vers toi. Au commencement je me force à parler le plus naturellement possible, ce sont des petites choses que je n'ai pas dites l'autre jour, le fait que je loge à l'hôtel d'Andas, que je suis retourné à Orvielle, que j'ai fait la connaissance d'Isabelle Sengui, mais d'emblée je vois que tu n'écoutes pas, tu clignes des yeux, ce n'est pas cela que tu souhaites entendre. Je m'installe sur une autre chaise, près de la porte, parler y sera peut-être plus facile, même si j'y suis distrait par les voix du couloir, j'évoque la maison de Saint-Paul, je dis que je ne comprends pas comment ils ont réussi à remiser l'ancien caravansérail dans l'espace du garage, j'évoque ma grand-mère, je demande si tu te souviens, *est-ce que tu te souviens ?*, l'armoire aux chapeaux, le vieux poêle en faïence, le *trou noir*, mais ce sont des détails qui n'accrochent pas, tu es ailleurs, attirée toujours par la fenêtre, parfois traversée des mêmes tressaillements, tics, et je dois convenir à voix haute que c'est difficile, je sais, c'est difficile, lisant ou croyant lire dans tes yeux un imperceptible assentiment. Il n'y a rien à voir dans le carré de fenêtre, à peine un pan de ciel et les mêmes briques jaunes du bâtiment d'en face, alors, comme l'avant-veille, je reparle de l'Aïr, l'histoire de Bern Atirias, lorsque j'étais dans la tente touarègue après l'agression, l'embuscade, et je sens que tu écoutes, je raconte que la femme s'accroupissait à ma tête, tirait mes cheveux par la racine, avec ses ongles comme les dents d'un peigne, puis qu'elle m'enduisait le front d'une pâte musquée que du bout des doigts elle faisait inlassablement pénétrer dans la peau, mon corps se sentant alors devenir long, long, s'allonger indéfiniment grâce à la magie soûlante de la femme touarègue, et je sens que tu écoutes, c'est une histoire que tu peux entendre, de même l'histoire de ta lettre que Moussa-Moïse avait déposée sur une pierre plate à l'ombre, la lissant du plat de la main comme s'il n'y avait rien de plus précieux au monde, je sens que tu te détends, tu pourrais sourire, tu es encore belle, un instant je retrouve le laisser-aller de ta beauté derrière tes lèvres serrées, la légère exorbitation de ton regard. La porte s'est brièvement ouverte puis refermée, dans le silence qui suit je murmure que je suis content d'être là, mais tu n'aimes pas que je parle ainsi, non pas ainsi, je vais jusqu'à la porte pour m'assurer qu'elle est bien fermée, je me rassieds, je dis que je voudrais tellement que tu parles, mais tu n'aimes pas non plus, tu es traversée de tics oculaires, deux fois je m'entends répéter *Alice, Alice,* tu t'es détournée, avec cette agitation incoercible des jambes, je pense que nous n'y arriverons pas, *c'était trop difficile,* et cette nervosité, cet air irrespirable qui me donne envie de fuir. À présent que je me suis levé il me vient une envie, un geste, m'approcher du dossier de la chaise, prendre tous les risques, te toucher le haut du cou, la base des épaules, c'est un geste que nous avions peut-être, je ne me souviens pas bien, appuyer là avec les paumes, tu ne refuses pas, tu laisses mes mains dans cette zone de ton corps et tu redresses insensiblement la tête, tu viens confirmer le contact, je sens contre ma poitrine la pression de ta nuque, et tout s'immobilise, le ciel au-dehors, les vitres d'en face, parfois des ombres qui passent dans les couloirs de l'autre pavillon derrière les voiles de mousseline grège, ici c'est le calme fragile, ça va, c'est bien.

Laure arrivant à ma rencontre à la sortie du parloir, j'ai cru reconnaître la jeune femme spectrale qui m'avait fait penser à toi lors de ma toute première visite. Sous sa robe très large, aérienne, j'ai vu qu'elle n'avait plus que la peau sur les os mais portait cette menace avec une grâce rebelle et insensée. Elle m'a révélé que tu t'étais habillée pour moi et qu'il était rare que tu t'habilles. Puis avec une familiarité étrange qui lui faisait poser la main sur mon bras elle a prétendu que tu m'attendais depuis des mois. Le parc de l'hôpital était entouré d'un haut mur et peuplé d'arbres d'espèces différentes, c'était un enclos de végétation vicié par l'automne et traversé d'allées de gravier courbes qu'arpentaient à pas lents quelques internés solitaires. De toute façon, m'a dit Laure en baissant la voix, il ne faut pas écouter les médecins, ils ne croient que ce qu'ils voient, ils se réunissent avec les infirmières, et c'est comme si nous étions de la chair à pilules. J'ai voulu savoir si tu prenais des médicaments et elle m'a répondu que depuis le temps où tu les recrachais dans l'évier ils avaient fini par se fatiguer de t'en donner. En me quittant elle m'a souri d'un sourire trop vaste, effrayant tant il découvrait ses gencives, et j'ai eu envie de lui dire de prendre attention à son corps.

J'ai pensé souvent au ravissement causé par ton visage, même après toutes ces années. La première fois que je t'ai vue, balayée par les lumières derrière le bar improvisé de la fête d'Aransart, j'ai cru à la détentrice d'un secret, la gardienne impassible d'un pays inconnu et troublant. La distance qui me séparait alors de toi ne fut jamais couverte, ni dans les mois qui ont suivi ni même aujourd'hui encore. À la fin de la fête, nous avions dansé pieds nus sur le sable jusqu'à être les derniers en piste et tu m'avais dit n'être qu'une fille pour un soir mais pas davantage. Pure timidité peut-être, *une fille pour danser un soir,* je me souviens de ce globe de verre que tu érigeais en gestes courbes dans ta danse solitaire et de cette manière qu'avait ta main de glisser hors de la mienne, de jouer les oiseaux, comme ton corps insaisissable. Les plus beaux souvenirs appartiennent aux murs de Saint-Paul quelques mois plus tard, lorsque j'étais attablé avec ma grand-mère et que je te savais là-haut dans ma chambre, attendant l'assiette que j'irais te monter. La vieille femme s'étonnait à peine que je me resserve de si bon cœur, mais il faut manger, jeunesse. Dans l'après-midi la maison se transformait en un théâtre de chuchotements et d'ombres où nous rejouions le miracle des traversées clandestines de l'amour. Parfois, pendant que ma grand-mère officiait dans la cuisine, nous poussions la porte de sa chambre, sa penderie, ses placards, et tu t'émerveillais d'enfiler ses vieux châles, ses chapeaux à fruits, ses robes de soie opulentes dans lesquelles ton corps était si étroit qu'il glissait tout entier par le col. Mais reine parmi ces festons, dans les émanations de naphtaline, tu pouffais comme une collégienne. À Saint-Paul, la lumière tamisée par les rideaux verts de ma chambre donnait à ta peau nue l'opalescence des jeunes tiges d'arbres écorcés, tu étais sur les draps comme surgie toute pure du rêve de la femme, nous faisions l'amour sans bruit pendant que la vieille travaillait au jardin, que l'on guettait dans la remise les tintements des outils puis son souffle lourd lorsque, montant une à une les marches de l'escalier, elle s'étonnerait que je sois encore là, à traîner dans les chambres. Et depuis l'ombre de l'entrebâillement je savais que tu ne perdrais rien de cette apparition hagarde et affectueuse de celle qui veillait sur nos amours plus qu'elle ne les interdisait. Car la vieille n'était pas dupe, elle qui maugréait parfois comme on parle en rêve : *Hugo, quand cesseras-tu tes cachotteries ?* Mais tu remettais toujours à plus tard les présentations officielles, prétextant que ta mère ne pouvait être au courant, posant ta mère en mes lieux comme une sacro-sainte présence afin que l'amour fût décidément hors la loi. Et lorsque l'on enterra ma grand-mère dans cette église trop blanche de Saint-Paul aux silences harcelés par les cris des mouettes, le cercueil étant si lourd qu'ils avaient dû se mettre à six pour le porter, je n'osais croiser ton regard, je savais qu'avec la morte disparaissait l'enfance de l'amour, cette part insouciante dont par la suite nous n'avons plus beaucoup parlé. Et quand nous revenions à Saint-Paul, orphelins mais maîtres des espaces, nous marchions à pas craintifs dans le silence, fermant les volets, les portes intérieures et retenant nos cris, comme si la vieille était toujours présente, que l'on entendait battre ses bottes sur le dallage de la buanderie, du côté désormais sombre de nos noces menacées.

Comment va-t-elle ? m'a demandé dans un souffle Sara Mekhitarian, et j'ai vu qu'un instant elle avait cru au pire. Assez vite heureusement, cherchant l'adossement du mur, elle s'est détendue. Nous étions à même le sol dans une petite pièce encombrée de coussins qui jouxtait l'atelier de danse, elle assise en tailleur, les paumes sur les cuisses, un pull noué en écharpe sur son boléro, tandis que l'on entendait derrière la porte une voix ahanée, ponctuant un glacis de violons sans cesse réenclenché. J'ai honte de n'avoir pas pris récemment des nouvelles, avoua-t-elle, jusqu'à il y a quelques mois j'allais encore à l'hôpital, mais j'en ressortais si troublée, anéantie, que j'ai cessé les visites. À présent elle me dévisageait en silence et j'avais du mal à soutenir son regard, je la trouvais hautaine et sans doute admirable, avec son œil trop bleu, son visage ascétique de vieille chorégraphe et cette tension qui maintenait tout son corps en éveil. C'est moi qui ai écrit votre nom sur l'enveloppe, murmura-t-elle sans me quitter des yeux, j'ai téléphoné au ministère pour savoir à quel poste vous étiez affecté, ils ont consulté leurs listes mais ils n'avaient pas l'air de savoir, alors j'ai pensé que vous aviez changé de métier, que vous ne recevriez jamais cette lettre, et je l'ai envoyée ainsi, pour m'en débarrasser, sans même un mot d'explication. Il y a eu encore un long silence puis elle m'a dit qu'elle avait fait un rêve la nuit précédente, dans le rêve tu revenais de l'hôpital ou peut-être d'un lieu indéfini, tu étais comme jadis la même petite femme timide et réservée, simplement très anxieuse de ne pas égarer ses bagages, et c'était comme un film aux lumières passées, à la fois beau et terriblement triste, parce que l'on savait que c'était la dernière fois, un ultime séjour limité dans le temps, une permission unique avant de disparaître. J'ai dû rêver d'elle sachant que vous alliez venir, a souri Sara, mais à vrai dire il n'est pas rare qu'elle me rende ce genre de visite. Elle a vraiment habité chez vous ? lui ai-je demandé. À peine quelques jours, soupira-t-elle, finissant par évoquer, mais évasivement, ces jours où elle t'avait hébergée au plus fort de la crise, te sentant toujours ailleurs, agitée, avec des passages de conscience, des moments où tu semblais croire à ce que tu disais, d'autres où tu jouais à te convaincre, d'autres encore où tu t'apercevais de l'absurdité de ta croyance, et alors ton visage n'était plus qu'une désolation. Quelle croyance ? L'enfant, a-t-elle répondu, l'enfant en majesté, en gloire, l'enfant divin, l'homme divin qu'il lui fallait retrouver coûte que coûte. Quel homme ? Sara s'est assombrie, elle a dit : c'est comme le vieux mythe d'Orphée, il veut aller là-bas mais il sait qu'il ne peut rien ramener de là-bas, il s'éblouit et il s'aveugle, maintenant, même après tout ce temps, je pense qu'elle est encore trop fière pour revenir, fière, je n'ai pas d'autre mot, elle sait qu'elle a tout à perdre pour revenir, même si rester ainsi, la folie de rester ainsi, la dévaste. Derrière la porte la musique s'était tue, on entendait des pas sur le plancher, quelqu'un qui dansait sans musique, tandis que je cherchais à te distinguer *timide et réservée* assistant au cours de danse puis marchant à grandes foulées sur la route entre Méaux et Aransart. Vous avez dû l'aimer beaucoup, a remarqué Sara, comme Isabelle Sengui, exactement la même phrase. J'ai répondu que ce n'était pas cela, non, c'était simplement l'envie d'aller jusqu'au bout de quelque chose. Non pas l'amour, me suis-je entêté, l'amour vient et nous quitte, nous trompe et nous quitte. Sara a hoché la tête puis elle a ouvert son agenda et m'a proposé de la revoir, chez elle, dans son appartement plutôt qu'à son atelier. Elle a souri en me quittant : vous arrivez quand tous ont perdu courage, et j'ai rêvé d'elle cette nuit, prenons cela pour un heureux présage.

Elle est là, m'a chuchoté Laure à l'oreille avant de m'entraîner au fond du parc jusqu'à une ancienne chapelle transformée en atelier d'ergothérapie. Avec insistance, la jeune femme m'a invité à entrer, prétendant que ce n'était pas interdit aux visiteurs, j'ai seulement accepté de regarder au travers des carreaux, j'y ai vu des ombres autour d'une table, un grand dégingandé faisant les cent pas le long du mur et qui s'est immobilisé en me voyant. Lorsque Laure m'a laissé, j'ai attendu seul face à l'entrée de la chapelle jusqu'à ce qu'une sonnerie retentisse et que les patients sortent l'un après l'autre. Plus tard j'ai poussé la porte. Dans la pénombre il y avait une grosse femme qui découpait des cartons, toi tu étais à l'autre bout de la table, penchée sur un vaste bas-relief en terre ocre, une espèce de ville en ruine dont les rues, les places, les bâtiments ébréchés formaient une croûte craquelée, sillonnée de nervures et comme soulevée par une forme oblongue. Quand l'autre femme s'est levée pour partir, elle a éteint le transistor, et dans le silence soudain de la chapelle je me suis aperçu que tu me parlais, tout bas, du bout des lèvres, sans relever la tête, avec d'infimes modulations, un texte que je saisissais mal et qui appartenait tantôt au portugais, tantôt au français, en longues incises chuchotées, *je suis folle, Hugo, tu sais bien que je suis folle*, ensuite un blanc sur ton visage, un rire, et moi cherchant à briser ce rire, déclarant que je ne te croyais pas folle, non, je ne pouvais pas le croire, renchérissant que je n'étais pas venu pour entendre cela, avec dans ma voix un tremblement, une colère qui remontait intacte du temps où tu t'étais campée face à la fenêtre de la pension d'Alfama, en chantonnant l'air de rien, au point que je t'avais saisie par les épaules, retournée de force en hurlant *je t'ai dit quelque chose, ne fais pas semblant de n'avoir rien entendu,* et ton effroi à ce moment-là, cette décomposition effrayée de ton masque d'indifférence, tes yeux humides et tes lèvres tremblantes, comme à ce moment-ci dans la chapelle de l'hôpital je voyais ton rire se plomber brusquement d'une expression de désolation, sans rapport avec moi, ni rien, ni personne, comme si un vent noir venait de te traverser, peut-être une voix inaudible à quiconque, et qui d'un coup refermait ton visage, à la fois fixe, muré et aux aguets, tandis que l'on entendait des pas s'approcher sur le gravier de l'allée extérieure. *On vous attend pour le repas, Alice,* la voix a cinglé, faussement douce, et, comme en réponse à cette injonction, tu t'es mise à creuser dans la maquette de terre, avec un doigt puis quatre doigts recourbés, lacérant le bas-relief dans une sorte de détermination rageuse, au point que la professionnelle a haussé le ton, t'intimant de *ne pas de nouveau tout détruire,* puis s'adressant à moi pour me signifier que les visiteurs n'avaient pas le droit d'entrer dans les ateliers. Et plus tard, alors que j'attendrais au-dehors, je serais témoin de cris stridents, très brefs, résonnant dans la chapelle, avant de te voir sortir, les yeux brûlants, tenue au coude par l'infirmière, et j'éprouverais envers toi une brisante pitié, la honte à te voir ainsi ravalée au rang de femme folle, emportée au bras de la bonne conscience du monde. Et cet après-midi-là, après deux heures d'attente dans le parloir, j'aurais enfin cette conversation avec le médecin que j'avais sollicitée l'avant-veille, c'était un jeune interne aux traits efféminés et au regard fuyant, inquiet surtout de savoir si le lien que j'avais avec toi (frère, époux, ami ?) pouvait l'autoriser à partager son secret. Il consentirait finalement à énoncer quelques généralités, évoquant un *long moment dissociatif,* puis faisant part depuis quelque temps (quelques mois, quelques jours ?) d'une certaine amélioration. *Hystérisation,* proféra-t-il à voix sourde, dérangé à tout moment par un homme roux qui quémandait dans l'embrasure :

est-ce que je vais devenir aveugle, docteur ? Et ce sentiment alors d'absolue méprise dans ce réduit éclairé par des panneaux lumineux vides où ailleurs s'accrochent des radiographies, crânes, vertèbres, orbites creuses, ce sentiment que nous ne parlions ni de toi ni de personne, que l'objet de notre conversation, constamment interrompue, était vidé de tout sens, encombré de mots invasifs, adhérents, techniques, *long moment dissociatif,* et qui n'avaient avec toi comme avec les machines détraquées, les chattes hagardes, qu'un rapport de vague similitude. Et au sortir de l'entretien je me souviens du signe de Laure qui s'était tapie dans la pénombre du couloir pour me mener jusqu'à ta chambre. Tu y étais assise sur ton lit, voûtée et tremblante, j'avais l'impression que tu avais honte de ce qui s'était passé. Comme je m'étais approché tu avais saisi ma main entre les tiennes, serrant à faire mal, et nous étions demeurés un long moment dans ce contact malaisé, fragile, comme si tu me disais sauve-moi d'ici, Hugo, sauve-moi. Et j'étais reparti plus tard dans l'agitation du repas du soir sans qu'un mot eût été prononcé.

Quelque chose échappant toujours, échappant des doigts, comme un objet qui tombe. La monture en plastique marron de Bern Atirias et son permis de conduire maculé de sang, ces mêmes effets qu'avait dû extraire Claire Atirias du petit sac en plastique noir face à ce même commandant songhaï-djerma, qui n'avait pas un regard sur ces choses, s'entêtait seulement à rechercher dans le dossier le procès-verbal pour me le lire à voix haute, l'ânonner avec componction, en ménageant des silences, comme si la vérité s'arrêtait à cette prose ampoulée où le lieutenant de service, nommé Ahmed Boubakar, signalait *la découverte du corps par des nomades à 50 kilomètres au nord-ouest de Timia, au pied du Télichinene*, ces mêmes nomades qui l'avaient enterré parmi d'autres amas de pierres comme il en existe des milliers dans le désert, monticules allongés, orientés vers l'est, cimetières improvisés dont témoignait une photo annexée au procès-verbal et barrée d'un voile orange. Et tout au long de cette lecture, dans ce cagibi torride aux murs de ciment peints en bleu, je pressentais qu'il n'y aurait rien de plus, j'étais face à la muraille procédurière de l'administration militaire et il valait mieux laisser retomber à jamais la poussière des déclarations écrites, des protestations de bonne foi, ne plus toucher aux indices tronqués posés sur le bureau, ni demander pourquoi il était écrit au dos de la photo du cadavre : *Azeghoueï*, loin, très loin du Télichinene, toutes questions que balaierait le commandant d'un air vaguement surpris, à peine embarrassé, comme si ces détails étaient sans importance face à l'immensité du désert, que le désert fût en soi un mystère bien plus vaste que ces petites inexactitudes. Mais le procès-verbal mentionnait le Télichinene au sud-ouest et non au nord de Timia, et cette bizarrerie exigeait une explication qui tienne, aussi le commandant avait-il fait appeler un subalterne, ensuite un jeune gradé, un instant raidi par le garde-à-vous, lequel avait déployé sur le bureau une immense carte du désert, plus ancienne et plus vaste que la mienne, avec des lignes ondulées, de vastes aplats grisâtres, des traits pointillés se perdant dans les sables, et une tout autre orthographe des noms, le Télichinene n'étant plus mentionné nulle part, tandis que le doigt du commandant indiquait plus au sud le massif de l'I-n-Elissak, affirmant avec certitude que c'était bien là, dans cette zone, qu'ils avaient retrouvé le corps. Mais lorsque, pour confirmation, j'avais émis le désir de rencontrer le signataire du procès-verbal, le militaire avait fait semblant de ne pas entendre, se laissant subitement distraire par les va-et-vient du bureau d'en face, une consigne à donner, une interminable conversation de couloir, et j'avais dû faire montre d'impatience, insister avec ma question pour qu'il consente à y donner suite, avec une moue contrariée, en remuant ses papiers puis en affirmant qu'*il n'avait pas la possibilité administrative de découvrir son personnel,* mais que je pouvais toujours m'adresser au préfet de la région. Et quelques heures plus tard, dans le bureau climatisé de la préfecture, face à ce gros homme obséquieux, protégé par ses deux secrétaires généraux, ce notable au visage poupin qui me servait sans cesse du *monsieur l'attaché de consulat*, me priait de l'excuser de ne pouvoir accéder à ma requête, prétendait que le lieutenant Ahmed Boubakar avait été muté dans une garnison du Sud, à plus de mille cinq cents kilomètres, comme il eût pu inventer n'importe quoi, avec la même assurance tranquille, la même rondeur suave et vaguement ironique, je comprenais soudain les allégations coléreuses de Claire Atirias selon lesquelles ces officiels produisaient ici un rideau de fumée pour dissimuler bien plus que leur incurie mais un pan de l'immense mensonge sur lequel reposait leur pouvoir. Et le préfet m'ayant offert le thé dans des tasses en vieux Limoges, nous avions fini par deviser sur la marche du monde. Puis dans l'après-midi je m'étais perdu du côté du marché aux bestiaux d'Agadez, cherchant à activer l'un ou l'autre contact informel en exhibant la photo agrandie du permis de conduire de Bern Atirias : quarante-cinq ans, les cheveux courts, le visage carré, le regard vide, peu de ressemblance avec sa sœur. Une vague envie de savoir, le sentiment d'avoir été grossièrement éconduit commençaient à installer une espèce de fixité dans l'errance, les pas perdus dans la ville chaude, sous les cartons du marché couvert, ou sur les routes goudronnées, écrasées de soleil, en direction de Zinder ou Arlit. Jusqu'à ce qu'un homme s'introduise dans l'hôtel de l'Aïr et vienne frapper à grands coups contre ma porte pour m'inviter à monter à l'arrière de sa moto. Et soudain, à la nuit déjà tombée, cette bascule dans l'arrière-cour d'une échoppe, avec ici le rituel ancestral du thé, mais plus lent que jamais, deux hommes accroupis en chèche noir, l'un d'eux versant l'eau dans la petite bouilloire posée sur un brasero en fil de fer et l'autre qui détaillait avec sa lampe torche la photo de Bern Atirias, me demandant si je venais de la part de la femme française. Et leurs yeux étincelant dans la lueur des braises, leurs apartés en tamachek, ce goût âcre du premier verre de thé puis la proposition abrupte de rencontrer à Tabelot un certain Ilias, Ilias Aghali, que la femme française n'avait pas pu voir mais qui savait quelque chose à propos de Bern Atirias. *Bernard,* disaient-ils comme s'ils le connaissaient, comme s'il était vivant, que l'obstination de Claire Atirias ne fût pas totalement infondée, puisqu'ils semblaient émailler leur conversation de ce prénom familier et presque affectueux. Par la suite on en vint aux modalités d'argent, problèmes de carburant et de piste, la Toyota qu'il faudrait louer à une agence de voyages, quatre cent mille francs marchandés jusqu'à trois cents, les billets de dix mille patiemment comptés dans le faisceau de la lampe puis la saveur plus douce du deuxième thé, l'arrivée dans la vague trouée de l'échoppe d'un homme au chèche clair, une espèce de prince émacié au masque impénétrable et qui garda longtemps ma main dans ses longs doigts pour me saluer, s'assit en retrait des autres, là où mon regard revenait toujours explorer, chercher les traits de son visage, parce qu'il était désigné comme le guide, celui qui concentrait dans l'encadrement du chèche clair l'énigme de Bern Atirias et l'indéchiffrable histoire de ce que j'allais vivre, cet homme qui viendrait me prendre à l'hôtel avant l'aube et auquel les autres passaient de main en main le troisième verre de thé brûlant : Moussa Maghas.

Quelque chose avait changé. Je suis revenu le lendemain et j'ai vu chez toi un autre regard, une autre attention dans ton regard, des instants d'éveil, de vague surprise comme si tu m'attendais. Désormais j'existais en ta présence, tu semblais souhaiter que je te parle, tu vérifiais par brefs coups d'œil que je reste dans ton champ de regard, ton visage prenait autrement la lumière, plus ouvert, plus apaisé et imperceptiblement plus mobile. Je ne comprenais pas ce qui s'était passé, il ne s'était rien passé de visible, je pouvais seulement constater qu'un seuil avait été franchi, nous étions passés dans un autre temps des choses, le cercle plus étroit d'une connivence étrange mais fragile, inquiétée à tous moments par les voix du couloir ou menacée de l'intérieur, lorsqu'une pensée faisait barrage et que soudain absorbée tu relâchais l'effort. À partir de ce jour, et pour les visites qui suivirent, depuis fin octobre jusqu'au début de décembre, nous avons installé un rite précaire, tu m'attendais dans ta chambre, tu n'avais pas un mot d'accueil, nous descendions dans le parc, nous prenions l'allée qui longeait le mur d'enceinte vers cet endroit qu'ils appelaient le *jardin des sculptures* à cause de vieilles statues Renaissance érodées par les années et remisées là comme des rebuts à l'arrière de la chapelle. Le banc de pierre où nous nous installions était toujours le même, tu t'asseyais à distance, ton corps un rien détourné, en léger déséquilibre, et je parlais face au vide avec une espèce d'application inquiète, reprenant, poursuivant l'éternelle histoire de Bern Atirias dont je sentais que tu attendais la suite lorsque tu ponctuais d'un fébrile hochement de tête, ou souriais soudain dans le vague, comme si tu venais d'y reconnaître quelque chose (et non pas seulement le grain de ma voix, le tendu, le tremblé de ma voix, le bercement mélopique des phrases). Et si parfois j'interrompais le récit, demandant si tu avais froid, si tu ne souhaitais pas que l'on rentre, si telle sonnerie signifiait la fin des visites, tu semblais contrariée par ces ruptures. Un jour je saisirais ces mots, prononcés à voix blanche, comme sous le coup d'une préoccupation : *mais est-ce qu'il savait le guide, est-ce qu'il savait ?* Et c'était tout à coup la preuve que tu n'avais rien perdu de mes paroles, tu guettais, tu étais vigilante, gardienne de ce territoire précaire du contact, cet agrégat d'images autour de Bern Atirias, et qui nous isolait l'un et l'autre au fond du parc de Malherbes. Je ne saurai jamais pourquoi l'histoire de Bern Atirias avait pris une telle place, j'éprouvais moi-même une émotion à y revenir et sans doute entendais-tu quelque chose comme une note continue, lointaine et vaguement reconnaissable dans ce qui ressemblait de plus en plus à un rêve commun. Et quand viendrait la fin de l'histoire, tu chercherais encore à la prolonger, tu voudrais connaître les lieux, les noms des lieux, les noms des villages, le nom de la femme touarègue, ôter le voile de son visage, tu demanderais *pourquoi n'es-tu pas resté là-bas, Hugo ?* Et je te sentirais alors plus ouverte à la question, plus disposée au vide, m'apostrophant à voix basse ou t'inquiétant de me voir partir, *est-ce que tu reviendras demain ?*, ces mots chuchotés, à la frayeur presque enfantine, est-ce que tu reviendras ?

Et je t'apporterais des fleurs auxquelles tu ne prêterais pas la moindre attention. Peu à peu je m'essaierais à parler de nous, de ce que nous avions vécu, instiller quelques noms du passé, évoquer comme une évidence Orvielle ou Saint-Paul, la falaise du Horse ou la plage vers laquelle nous descendions à marée basse par le sentier abrupt : *Coatmeur,* tu écoutais ces noms comme s'ils appartenaient à une vie oubliée, je te voyais cligner des yeux, chercher peut-être à les situer, ou à l'inverse lutter contre leur acuité, les liens qu'ils tissaient entre eux dans cette région de la mémoire dont tu avais perdu l'habitude. Une fois j'ai parlé de Salmanvery, et te voyant brutalement détourner la tête j'ai cherché en moi des images qu'évoquait ce lieu, me souvenant seulement que la crique était interdite à la baignade, et qu'un jour, mais c'était peut-être au Horse, un jour de tristesse butée, tu m'avais dit quelque chose d'étrange à propos de nos vies toutes petites, larvaires, minuscules, un jour où écrasée par l'un de ces chagrins torpides qui faisaient suite aux disputes avec ta mère tu m'avais demandé de rester près de toi sur la plage, entre l'océan et la falaise, dans le seul grondement de la vague. Mais c'était sans doute un autre souvenir qui t'avait fait réagir au nom de Salmanvery, je ne le saurais jamais, tu ne m'en parlerais jamais, il y avait le langage des mots et le langage des corps, et certains mots existaient à même les corps, la mémoire occulte, les vieilles accointances, ces habitudes d'autrefois que nous retrouvions presque malgré nous, ces manières *comme avant* de nous parler à voix basse ou de marcher côte à côte, ce toucher des yeux qui ne se regardent pas mais se frôlent, cette niche à la présence de l'autre, ces herbes foulées où nous nous étions couchés jadis et où se lisait encore l'empreinte du passage. Pourtant nous ne nous touchions qu'à peine, je te reconduisais jusqu'à ta chambre, tu acceptais qu'avant de te quitter je passe ma main sur l'arrière de ton bras en guise d'au revoir, tu levais les yeux, tu entrouvrais parfois les lèvres pour répondre à ce signe puis tu te retournais vers la fenêtre.

Je promène sur ces jours de novembre où le ciel est resté étonnamment pur, le soleil découpant sur l'herbe humide l'ombre des statues (Circé, Niobé, Aphrodite, agglutinées près du mur d'enceinte et toutes hagardes, érodées, tant la pierre était devenue friable), un peu de l'éblouissement qui nous avait saisis à Groix il y a aujourd'hui près de vingt ans, lorsque nous reportions de jour en jour la date du départ, arpentant les plages désertées par les estivants, ou pique-niquant dans une chambre d'hôtel aveugle avec le sentiment que le monde entier nous était promis et le temps radieux puisqu'il était volé. J'éprouvais alors une impression de transparence des choses, la conscience que le réel de nos corps n'était qu'une infime pellicule d'être, notre existence humaine aussi fugitive qu'un jour dans l'éternité, et la matière du monde toute filigranée de signes. Mais c'était l'époque pleine de l'amour, lorsque j'étais dans ce consentement émerveillé, cette boucle folle du désir, alors qu'au long de ce novembre à Malherbes je ne retrouvais que fugacement cette grâce d'enfant timide et obstinée qui m'avait autrefois tant ému. Mon regard sur toi avait vieilli, l'enfant avait vieilli, ses cheveux piqués d'épis blancs, ses yeux alourdis de cernes et comme brûlés. À Malherbes je ne t'aimais plus, si ce mot a un sens, que d'un amour fatigué, une affection lasse, avec des instants de pure surprise lorsque tu inclinais la tête à distance d'un mouvement qui s'abandonne, ou que tu observais à voix basse : *c'est bien, Hugo, c'est plus calme maintenant, c'est bien,* comme pour récompenser mon désir, mon tenaillant désir de réparation, de restauration, de victoire contre le temps.

Et je me souviens comme j'étais heureux du regard de Laure (*mais qu'est-ce que tu lui as fait ?* répétait-elle), et comme j'étais fier de cette sorte d'hostile respect que me vouait désormais le personnel infirmier. Ils te voyaient comme moi plus coquette, les cheveux noués et peignés, un collier aux fines perles de bois dans l'échancrure en V de l'invariable pull noir, ils te regardaient comme jamais ils ne t'avaient vue : quelqu'un qui la nuit se lève et s'installe devant la fenêtre du couloir, quelqu'un qui erre dans le parc sans but, ne sait plus très bien, ne reconnaît plus très bien les choses, semble vouloir se souvenir mais ne se souvient pas, promène une expression muette d'étonnement, comme une mère qui cherche ses petits, disait une vieille garde de nuit, ils te voyaient plus souvent à table avec les autres, aux repas ou dans la salle de jeux, t'essayant au contact d'autrui, t'absorbant à tes ouvrages méticuleux dans l'atelier de la chapelle, cette maquette de ville en ruine, lacis de ruelles et de maisons ébréchées dont tu aménageais fascinée l'organisation minutieuse. Et quand nous quittions peu à peu nos espaces rituels, tu acceptais de m'accompagner jusqu'à l'ombre du grand érable, planté d'un écriteau comme dans les jardins botaniques, *Acerabulus*. Un jour où il pleuvait des cordes nous étions restés dans ta chambre et tu m'avais montré ton carnet de croquis, celui des jours récents, de feuille en feuille les mêmes dessins qu'autrefois mais plus maladroits, difformes, avec des incongruités, des ressemblances humaines, insecte ou femme-insecte aux ailes artériolées, aux pattes velues, visage pris dans la glace d'un prothorax, regard de larve ou de nymphe légendé d'une phrase en petites majuscules serrées : *dans l'un se trouve le germe de la vie, dans l'autre, non, il n'est pas donné de savoir jusqu'à ce que vienne la couveuse.* J'avais pris note de la phrase, je t'avais demandé si elle était tirée d'un livre et tu avais souri comme si ma question était feinte.

Ainsi m'étais-je senti peu à peu admis à l'intérieur de ton monde, au milieu de tes évidences, tu me disais à voix basse : *l'autre carnet il a fallu le brûler,* comme si j'en avais connaissance, et si quelqu'un rôdait dans nos parages tu te taisais brusquement. Même Laure ne pouvait s'approcher sans que tu interrompes ta phrase. Parlant des autres tu disais *ils*, ils vont m'appeler pour dîner, ils vont te demander de partir, ils ont pris la place où nous étions, et ce *ils* englobait autant les soignants que les autres malades, les infirmières toujours pressées, les jeunes internes empruntant à grandes foulées les couloirs, et le ballet des ombres errantes, tout le peuple des captifs, les tremblants, les chancelants, les prostrés, les égarés, les soliloqueurs. *Ici ils ne nous verront pas,* murmurais-tu, comme si nous devions nous cacher de quelque chose et que je partageais avec toi le même point de vue sur les êtres et plus profondément le même secret, cette part sombre de toi que tu me pensais connaître, peut-être la mort de l'enfant, peut-être bien avant, l'indistinct corps à corps avec ta mère dont j'avais été tant de fois témoin des murmures et des silences, des ravages muets. Ou alors ce secret d'avant le secret, ce qui passe de l'un à l'autre dans l'innommable des corps, comme lorsque la femme touarègue s'était couchée contre moi mais sans me toucher, que je sentais par ma peau sa présence effilée, tranchante, que j'entendais son souffle tendu, rapide, à l'affût du moindre pas au-dehors. Et lorsque à ma demande *ils,* les médecins, les infirmières, avaient consenti à ce que nous quittions l'enceinte de l'hôpital pour ce qu'ils appelaient une promenade, lorsque après la longue traversée des couloirs, des portes et des sas, du grand hall au guichet de verre, nous nous étions retrouvés sur la route qui mène au village de Malherbes, tu m'avais serré le coude pour ne pas chanceler. Et dans ce café d'hommes, l'unique café du village où braillait le téléviseur, te voyant regarder les clients du bar, je m'étais surpris à les regarder comme il me semblait que tu les voyais : leurs chemises ouvertes, leurs nuques de taureaux et leurs grosses lèvres humides. *Des bêtes à l'auge,* fulminerais-tu plus tard quand tu aurais retrouvé l'usage de la colère, mais ce jour-là tu ne dirais rien, nous rentrerions accablés sur la route d'asphalte, et je garderais en mémoire ce regard sur les autres, ce regard long, tressaillant et hostile, qui désormais me liait à toi.

Azel, Indudu, Sabon Gari, ces écriteaux branlants, ces noms qui ne se retrouvaient sur aucune carte, indiquaient ici ou là une oasis, une cahute en banco, un semis de cases couleur terre où couraient des enfants bleus. Et la piste, ces deux ornières parallèles qui se perdaient dans les sables, et tout ce paysage de l'absence, plaines pierreuses, collines arasées, regs ou ergs défilant derrière les vitres de la voiture et comme emportés dans un lent, cahotant tournoiement, avec au centre de celui-ci le profil fixe de mon guide, Moussa Maghas, son visage sombre, impénétrable, desserrant à peine les lèvres pour donner la réplique au chauffeur. Le convoyeur d'un camion en panne, un homme au chèche sale, aux mains crasseuses de cambouis, était monté à côté de moi sur le siège arrière, et dans le vacarme des embardées il s'était lancé avec le chauffeur dans un dialogue hurlé, heurté, jovial que j'avais renoncé à tenter de comprendre, le corps abruti, la tête ballante, je m'étais endormi. Plus tard, au lieudit Tabelot, sous la tôle ondulée d'une case de boue séchée, alors que se dissipait le fracas des cinq heures de route, j'avais assisté à la longue patiente palabre entre mon guide et le chamelier. Un instant Moussa s'était tourné vers moi pour me préciser dans son français grossier, guttural, qu'Ilias Aghali habitait à deux jours de chameau dans un village de la montagne, et j'avais perçu à la douceur inquiète de ses yeux qu'il redoutait quelque chose ou qu'il n'était pas tout à fait certain. Puis, après le départ du chamelier, il avait fait bouillir l'eau de la théière, avec ces gestes toujours semblables de rassembler les braises, rincer les petits verres, jeter les feuilles et le sucre dans l'eau frémissante, pour quelques goulées écœurantes et amères qui brûlaient et brièvement secouaient le corps, aussitôt bues, aussitôt oubliées, comme si l'essentiel ne résidait que dans l'appareil des gestes et le temps qu'ils développaient ainsi sans langueur ni hâte. On entendait dans le bas du village les coups sourds des pilons tandis que rencogné dans la pénombre de la case Moussa s'était affairé à préparer des portions de tabac à chiquer et des cristaux de natron pour les offrir le lendemain à nos hôtes de la montagne. Et le lendemain, ce jour pur, nous pénétrerions dans l'immense territoire du vent, ces vallées autrefois verdoyantes, ces rivières taries, ces marais désormais secs, ces mers à jamais arides, comme on marche dans le temps d'avant les hommes, le pays ossifié, sous la coupe aveuglante du soleil, derrière le pas lent, souverain, des deux dromadaires. Et j'entendrais chanter mon guide à mesure que se rapprochait la barre montagneuse qui frangeait l'horizon, j'entendrais sa psalmodie amère, comme s'il était enfin rendu à son paysage, porté par ce vent chaud qu'il appelait *hadou*. Sable, galets, ossements blancs, îlots de roches rondes sous l'horizon tremblant, parfois des huttes de branchages, hantées par quelque silhouette de femme, toujours voilée, toujours fuyante, parfois quelque enfant berger nous avisant de loin, une longue perche à la main, au milieu de son troupeau clairsemé de chevrettes. Et avant d'aborder la montagne Moussa m'avait mené jusqu'à un champ de tombes, petits oratoires rectangulaires, jonchées de pierres alignées en direction de l'est, certaines taillées en pointe vers le ciel. *Ces morts sont très anciens*, m'avait-il dit en frottant avec sa paume la plus haute des pierres, il régnait sur l'endroit un silence qui nouait la gorge car le vent s'était tu, barré par la montagne. Au soir nous avions dîné d'une galette de mil, cuite dans le sable sous la braise et émiettée à gros doigts dans une vasque de fer émaillé. À la faveur de ce partage il s'était enfin mis à me parler, me questionner plutôt, à propos de Bern Atirias, il disait *Bernard, ton ami Bernard*, portant la main sur son cœur, et je n'avais pas voulu démentir. Puis nous nous étions endormis comme la veille sous l'éblouissement des étoiles et je m'étais réveillé seul au milieu de la nuit dans un jardin silencieux et figé où les hautes pierres, blanchies par la lune, étaient prolongées par d'immenses ombres. Il me dirait plus tard avoir été à la recherche des deux dromadaires mais je sais que cette nuit-là, parmi les piliers de ce temple nocturne, j'avais ressenti une sorte d'arrachement indolore que je n'arrivais à relier à rien sinon au fait que ce paysage était vaste, irréel comme le premier monde, présageant un danger, une infinie solitude, à moins que ce ne fût toi, quelque chose d'ancien et obscur qu'avait réveillé ta lettre et dont j'avais voulu jusque-là me cacher l'urgence. Le lendemain nous avions enfin gravi la montagne le long d'une immense faille dans le massif, un interminable éboulis de pierres noires entre lesquelles sinuait un sentier. Et je me revois au soir de cette montée, dans ce village qu'ils appelaient Okadidi, les enfants nous dévorant des yeux tandis que les hommes venaient l'un après l'autre se livrer aux salutations de rigueur, s'accroupir à distance du feu en se voilant le visage en signe de respect, se coucher sur le flanc dans le sable et poursuivre dans le soir tombant une interminable conversation où je croyais sans cesse entendre le nom de *Bernard, Bernard,* modulé dans leur langue rocailleuse et douce. Ilias Aghali n'est pas ici, avait fini par me révéler mon guide, *il est parti vers Arlit conduire ses enfants à l'école coranique,* et il avait détourné les yeux en signe d'embarras ou de honte. Plus tard, une femme s'était détachée de l'obscurité, elle était venue nous apporter un demi-cabri dépiauté, enroulé dans un linge, et s'était accroupie assez loin du feu, le voile masquant obliquement son visage. Elle te salue parce que tu es un ami de Bernard, a traduit Moussa. J'ai fait demander si elle l'avait connu et elle a acquiescé avec évidence, j'ai compris que Bern Atirias était l'ami de son mari Ilias et qu'il était venu deux fois à Okadidi, *du temps où il se battait dans le Nord du côté de l'Adrar Bous.* Le peuple touareg se souviendra jusqu'au dernier jour de la mort de Bernard, a ajouté Moussa, certain que je savais, je ne pouvais pas ignorer ce qu'à l'instant je venais de comprendre : les indices tronqués, les faux-fuyants et les silences officiels contre lesquels s'était heurtée depuis des mois l'intuition obstinée de Claire Atirias. Elle dit qu'Ilias a pleuré quand ils ont tué Bernard, a murmuré Moussa, *Ilias avait du chagrin, tout le peuple touareg avait du chagrin,* et par-dessus son épaule je sentais le regard de la femme qui me fixait en tremblant. J'ai demandé comment il était mort, il s'est retourné vers elle mais c'est lui qui a fini par répondre : il est mort avec un autre dans une embuscade de l'armée nigérienne du côté de Ti-n-Galene, l'autre venait des monts Bagzane, c'est pourquoi il y a encore beaucoup de chagrin dans les villages. J'ai voulu savoir où était enterré son corps, il a marmonné : dans le Nord, puis il a haussé les épaules comme si la question était inutile, le lieu sans importance, le désert comme la mer à lui seul une sépulture. Plus tard, la femme s'est inclinée avant de disparaître, Moussa a déchiré la viande cuite avec son couteau et il a laissé la casserole aux enfants. Et le lendemain de ce jour, je me souviens, nous étions redescendus vers Telouès où nous attendait la Toyota, le ciel était blanc, l'horizon livide, sans un souffle d'air, le chauffeur voulait être à Agadez le soir même, il conduisait nerveusement en faisant grincer les vitesses. Cela s'est passé entre Amdid et Abardokh, mais j'écris ces noms après consultation de la carte, ils ne se rattachent à aucun souvenir, je sais seulement qu'il devait être trois ou quatre heures de l'après-midi et qu'un instant auparavant j'avais suivi des yeux une nuée d'oiseaux noirs, des corbeaux sans doute, dont l'envergure m'avait paru immense. Puis après un virage, au fond d'une déclivité, nous avions aperçu une jeep décapotée, arrêtée sur la piste, obstruant le passage, et au-devant de celle-ci un homme qui nous faisait de grands signes. Je me souviens que le chauffeur avait pressenti quelque chose, il avait freiné par à-coups, hésité un temps puis avait fini par s'approcher avec lenteur. Le visage de l'homme était dissimulé dans un chèche et barré de lunettes noires, je le vois attendre que la voiture s'immobilise, la contourner sans hâte vers la vitre du chauffeur puis j'avise une ombre dans le pare-brise arrière à l'instant où étincelle sous le voile noir le canon d'une kalachnikov.

Heureuse, disait Sara Mekhitarian, heureuse de te savoir mieux, et ses yeux cherchaient à me percer, elle posait l'une ou l'autre question mais la réponse semblait moins lui importer que ma façon de lui répondre, je crois qu'elle tentait encore de comprendre qui tu étais pour moi, on entendait dans les silences le vent qui ébranlait doucement les vitres et plus loin ce vrombissement très assourdi des moteurs, ce piaulement des grues sur les quais du port industriel où était situé son appartement. Autour de nous la lumière était cendrée, la couleur presque uniformément grise dans un intérieur raffiné et spacieux, semé de figurines de bronze, étrangement allongées, difformes, en déséquilibre, des danseuses peut-être, de faméliques guerrières. Je regardais ses mains ouvertes, ses longs doigts tendus accompagner sa phrase et à nouveau j'admirais cette femme d'être si exacte dans ses gestes et ses mots, avec cette aura tranquille qui dégageait son visage et cette façon posée, attentive et harmonieuse d'habiter l'espace. Je sentais pourtant une fatigue dans sa voix, une fatigue de vivre, peut-être au terme de l'harassante ascèse imposée à son corps, et par moments elle me paraissait lutter contre la tentation de l'éloignement. Au commencement elle m'a parlé de ton histoire comme d'une péripétie ancienne qu'il lui fallait aller rechercher tout au fond de la mémoire, des images estompées ou devenues trompeuses avec l'écart du temps, toi au cours de danse, toujours en retrait, docile, infatigable, refaisant cent fois le même mouvement, dotée d'une énergie infinie, disait-elle, une sombre obstination sous le masque de l'élève appliquée. Et cette amitié qui était née à la faveur d'un petit spectacle dont elle m'avait apporté les photos, non pour me montrer ton visage (trop lointain, blafard, ni celui de mon souvenir, ni celui de nos rencontres d'alors) mais pour désigner d'un doigt hésitant le corps d'un autre danseur, noir de peau, longiligne, dont d'abord elle n'avait pas donné le nom, disant simplement : c'est lui qu'elle a aimé, c'est chez moi qu'ils se sont connus, le père de la petite, ajoutant : *il n'était pas possible de ne pas aimer cet homme*, puis évoquant aussitôt non la rupture de votre liaison mais la fin inopinée de celle-ci, le départ de l'homme, sa disparition plutôt, cinq ou six mois après son arrivée dans le cours de danse. Et toi qu'elle n'osait questionner sur cette absence, toi qui, devinait-elle, n'en savais pas davantage, portais en silence cette douleur, cette incompréhension, jusqu'au jour où tu étais venue à la fin du cours lui dévoiler ton ventre nu, la petite saillance de ton ventre, en la suppliant avec un sourire étrange de poser sa main sur ta peau, et qu'elle appuie doucement, qu'elle pèse sur la promesse de l'enfant à venir, ce que l'on demande aux intimes, aux mères, une bénédiction. Et quelques mois plus tard cette visite que tu lui avais rendue avec au fond d'un couffin un trésor d'enfant endormi dans ses draps brodés, une poupée à la peau métissée mais très pâle, au visage précieux, délicat, aux longs doigts minuscules. Je n'ai rien vu, disait Sara, je n'ai rien pressenti, j'ai vu une femme débordée par une joie curieuse, une femme qui n'avait d'yeux que pour son enfant, je n'ai pas osé parler d'autre chose. Il y avait cette image de toi convertie en petite mère parfaite et par-dessus celle-ci l'autre image quelques semaines après l'enterrement, lorsque tu t'étais plantée devant sa porte avec ta valise, exigeant de savoir où était l'homme noir, le père de la petite, *Sail Hanangeïlé,* puis passant de l'exigence aux larmes, à la supplication, et te laissant prendre par la main jusqu'à la cuisine pour manger, jusqu'à la salle de bains pour te laver, car tu étais malpropre, dépenaillée, étrangère à l'idée même de ton corps, tout entière requise par ta parole, et comme emportée par celle-ci, tantôt outrée, impérative, tantôt brisée, exténuée, douce, lorsque tu expliquais que *ce n'étaient pas des manières de prendre ainsi la petite sans prévenir, ce n'étaient pas des façons de faire, mais comment savoir avec tous ces hommes, ils vont et ils viennent, ils ne vous laissent même pas un message sur la table pour vous dire où ils sont.* Puis cela s'était apaisé un peu lorsqu'elle t'avait prise dans ses bras, cela s'était calmé, un peu, lorsqu'elle t'avait parlé tout bas pour étouffer tes mots sous sa tendresse inquiète, chercher à les remplacer par d'autres que tu feignais d'entendre, qui appartenaient à la tranquille ritournelle des gens de raison. Et au bord de cette folie qui menaçait à chaque instant de réapparaître, vous aviez vécu quatre jours côte à côte, chacune en son monde, comme des sœurs étrangères qui se côtoient mais se craignent, ne se reconnaissent plus, l'une pourrie par une langue que l'autre ne peut pas comprendre, comme lorsque Sara t'entendait marcher de l'autre coté de la cloison, remuer le contenu de ta valise, donner la réplique à quelqu'un qui te faisait t'étonner, rire, vociférer à voix basse, et quand arrivait le docteur tu redevenais la jeune endeuillée mutique qui docilement acquiesce aux prescriptions de repos, de compagnie et de médicaments pour dormir. Peut-être la seule attitude eût-elle été de faire semblant de croire à ta vérité, d'accepter cette croyance comme tu faisais mine d'accepter la nôtre, *parce qu'il faut plonger dans l'eau pour sauver celle qui se noie*, mais j'avais peur, disait Sara, j'avais peur pour moi et pour elle, peur de la laisser seule dans l'appartement, peur qu'elle reste et peur qu'elle s'en aille, peur de pénétrer dans l'espace du délire, ce lieu brouillé, impur, morbide, crépusculaire où rien n'est réel, le temps n'est pas le temps, les ombres sont menaçantes, on pourrait perdre soi-même la sensation de soi. Et lorsque au matin du quatrième jour elle avait entendu tes préparatifs de départ, distinctement le tour de clef dans la serrure, elle ne s'était pas levée pour te retenir. Plus tard elle avait longuement remis de l'ordre dans la chambre où tu avais dormi et c'était comme laver les lieux de la déploration des enfants morts, laver tes yeux de sa mémoire. Et sur ce linceul de la chambre propre il y aurait désormais ce qu'elle recomposerait plus tard par bribes, ce récit troué, distordu, fragmenté, recoupant le récit d'Isabelle Sengui mais avec ici une autre rémanence des détails, tu erres dans la ville, les banlieues industrielles, les quais, les entrepôts du port, tu traînes avec des ivrognes dans la gare, tu es avec un homme, dit-on, tu marches seule du côté des baraquements des ouvriers, tu es accroupie sur une des pentes de la voie rapide, on aperçoit de loin ton manteau brun sale dont les pans se soulèvent avec le souffle des camions lancés à toute vitesse, tu es ramassée par la police un 21 décembre, conduite à l'asile de nuit, ton nom recensé au registre deux jours d'affilée, tu marches sur les trottoirs illuminés dans l'affolement mercantile des fêtes, tu es en compagnie d'un homme, croit-on, quelqu'un dans l'ombre duquel *tu attends, tu regardes*, mais ce n'est plus toi peut-être, tu n'es plus là, tu as quitté la ville, tu marches sur les rails d'une voie ferrée, la voisine a vu de la lumière dans ta maison d'Orvielle, mais il n'y avait personne lorsqu'elle a ouvert la porte, et le chien n'était plus là, à partir de ce jour, 4 ou 5 janvier, quelqu'un fracture les caravanes aux campings d'Andas et de Barsoeuil, quelqu'un rôde du côté des installations de plage à Tanvieusart, couche à même le sol carrelé des résidences secondaires et pille les garde-manger, du haut des falaises on aperçoit au bas de l'ancienne décharge une silhouette fondue à la roche, *et qui attend, regarde,* l'infini de la mer, le lent passage des cargos peut-être, on relève des traces, femme et chien, dans la brève neige de février autour d'une propriété dont l'un des volets ouvert a attiré l'attention du garde, on y retrouve des vêtements en boule et des sacs plastique remplis de cordes, de câbles nylon, harnais et filets effilochés que rejettent les marées, il y a sur les murs, les papiers peints à fleurs, des espèces de dessins, créatures sans mains ni bras, avec des sexes qui se dressent et des taches pour les yeux, comme des appels au ciel, disait Sara, ou des malédictions, ou peut-être une façon de marquer les lieux comme on marque les arbres avant de les abattre, et devant ces signes, ces images, face à la carcasse calcinée d'une camionnette, devant les murs à demi incendiés de la villa des Gotthammer, les gens s'étaient

97

mis à prendre peur, ils avaient fait doubler les patrouilles de gendarmerie, multiplier les rondes, mais par un fait étrange personne parmi ceux qui te connaissaient ne pouvait encore imaginer que ce fût toi, ils te croyaient partie en repos dans l'Algarve et cette rumeur de lointaine convalescence était bien plus forte que tous les indices qui te désignaient. Sara s'était tournée vers la fenêtre, du huitième étage où nous nous trouvions nous regardions en silence des ouvriers minuscules qui venaient d'accrocher les chaînes d'un conteneur, la boîte rectangulaire prenait peu à peu de la hauteur, balançait mollement entre ciel et terre, sans qu'aucun bruit ne nous parvienne que les hèlements assourdis des hommes d'équipage. Il y a quelque chose que nous ne pouvons pas voir, qui nous éblouit et nous aveugle, avait-elle repris, sans que je comprenne l'exacte portée de ses paroles, je repensais à ces griffonnages alors que je t'ai toujours connue si appliquée dans tes dessins, je pensais à l'ensauvagement et ce que les médecins avaient évoqué d'une *détérioration psychique*. Ce qui nous aveugle, avait poursuivi Sara, c'est ce que nous ne pouvons pas reconnaître, à un moment elle n'est plus dans la communauté des hommes, elle ne fait plus partie de notre monde, mais au même instant ce qui nous éblouit c'est son humanité même, il y a là des cris que l'on se refuse à entendre parce qu'ils nous touchent trop, comme des mains primitives contre lesquelles nous pourrions plaquer les nôtres et sentir sous notre paume le contact avec la femme d'il y a des milliers d'années, au travers de toutes les générations enfantées et mortes. Sara avait marqué un silence. Depuis sa maladie, avait-elle ajouté, il est possible que je ne regarde plus la danse de la même façon, je veux, je recherche autre chose. Elle n'en avait pas dit davantage, paraissant d'un coup fatiguée, perdue dans ses pensées, puis m'avisant soudain de son regard bleu et me demandant avec une nuance d'ironie pourquoi j'étais revenu vers toi, puisque ce n'était pas par amour. Appelez cela comme vous voulez, avais-je tenté d'éluder, et elle avait souri. Plus tard, tandis qu'elle allait et venait pour préparer le thé, je l'avais sentie plus détendue, et quand, avec un rien de brusquerie, elle m'avait interrogé sur ma jambe, je n'avais pas pu ne pas lui raconter. Non pas comme avec toi le désert, l'errance ou la nuit touarègue, mais la balle qui s'était fichée dans l'os, ce fragment métallique que je portais désormais dans ma jambe et que pour rien au monde je n'aurais voulu qu'on m'enlève. Sara m'écoutait sans marquer d'étonnement, elle hochait doucement la tête comme si elle comprenait très bien le lien entre toutes ces choses, et pourquoi j'étais revenu à Orvielle, et pourquoi j'étais resté.

Une détonation, un cri, le sac dans les côtes comme un énorme poing noir, puis d'un coup le paysage s'était renversé, ma tête propulsée contre le montant métallique de la vitre. À présent j'étais dans une pestilence de caoutchouc brûlé, le moteur s'emballait tout près de ma tête mais je n'avais pas envie de bouger, le moindre mouvement pouvait me faire éclater le crâne et je voulais rester là, engourdi, une voix en moi répétant *mais sors, ça va flamber, sors,* quand au-dessus, dans le petit carré de la vitre, le visage de Moussa apparaissait par intermittence, Moussa bizarrement tête nue, les yeux exorbités, et qui s'échinait contre l'ouvrant de la portière puis resurgissait avec une énorme pierre pour faire exploser la vitre, pénétrer dans l'habitacle, me saisir, me tirer, par les épaules, doulou-reusement m'extraire du véhicule, vaciller avec moi sous le soleil, me laisser tomber sur la terre brûlante.

Et ces cailloux qui me rentraient dans les côtes, cette envie de me redresser pour reprendre mon souffle tandis qu'au milieu du tumulte je devenais peu à peu conscient d'une autre menace, extérieure cette fois, une menace *qui concernait ma vie*, les secondes ayant précédé ma chute, ce que je venais d'oublier, ce qu'il me fallait recomposer coûte que coûte, et qui était là, sous mes yeux, à dix mètres de moi : le bas de caisse de la Toyota couchée sur son flanc, monstrueuse éviscération plate, grondante et fumante, dont les roues affolées tournaient à vide, et plus loin, au-dessus du corps couché (mort ?) du chauffeur, un homme qui vissait une arme de poing sur la tempe de Moussa agenouillé, hurlait en français quelque chose comme *je vais te le faire avaler !,* et de l'autre côté, dans la direction de la jeep décapotée, immobilisée sur la piste à trois ou quatre cents mètres, un autre homme qui arrivait en courant, obliquait droit vers moi, me plaquait au sol, fouillait toutes mes poches, d'une main brutale, expéditive, sans expression, sans mots, comme si j'étais un mort, un cadavre, et je l'entendais haleter au-dessus de moi, me forçais à le regarder, saisir des détails : ses lunettes fumées, son chèche kaki, son sweet-shirt marron avec un visage imprimé, *Kurt Cobain,* et déjà il s'était précipité vers la Toyota, sectionnait les lanières du fixe-toit, ouvrait du pied les valises, lacérait les sacs de coups de couteau, tandis que l'autre obligeait Moussa à se coucher mains sur la tête à côté du chauffeur. C'est à ce moment qu'une tache de couleur est apparue à l'horizon, les deux hommes se retournant au même instant dans la direction de ce camion orangé minuscule, nimbé d'un nuage de poussière, et qui à deux ou trois kilomètres grossissait imperceptiblement à notre rencontre. La Toyota s'est aussitôt mise à cracher une épaisse fumée noire et à crépiter en salves. À l'apparition des flammes toute la scène baignait dans une poix brun sale percée par le disque blanc du soleil, je ne voyais plus que des ombres, j'entendais des cris, j'essayais de ramper le plus loin possible de la voiture quand une main m'a écrasé contre le sol, de nouveau l'homme au chèche kaki, *Kurt Cobain*, mais sans ses lunettes de soleil, sa peau boursouflée de gouttelettes de sueur, ses yeux comme des trous noirs, il pressait le canon de la kalachnikov sur les os de mon visage, méthodiquement mes pommettes, le méplat des tempes, l'arête de l'arcade sourcilière, et j'entendais sa respiration suffoquée, ses mots sifflés entre les dents, *qu'est-ce tu dis maintenant, le Blanc, qu'est-ce tu dis, le Blanc ?* Puis d'un coup il avait levé son arme et en me quittant, dans un grand geste exaspéré, il avait lâché une rafale, les balles s'étaient fichées dans le sable à quelques centimètres de ma jambe, je retenais mon souffle, je me croyais sauf, je n'avais pas, non pas encore, le sentiment de la douleur, l'exquise douleur à la cuisse comme un fourreau glacé.

Nous étions à la fin de l'automne, à Malherbes ils empilaient sous les auvents le mobilier de jardin, les pelouses étaient jonchées de feuilles mortes, tu m'as dit *quand on rentrera,* je ne me souviens pas du reste de la phrase mais j'entends que ta voix est ferme, la chose évidente, bientôt tu quitteras Malherbes, *nous allons rentrer.* Cette perspective, pourtant prévisible, m'a subitement inquiété, jusque-là tu ne m'avais fait part d'aucun projet, je crois même que nous n'avions jamais parlé de la maison d'Orvielle, des années où tu y avais vécu avec ta mère puis seule, notre conversation était fragmentaire et nous vivions dans le temps immobile des visites. Certes, je notais des progrès à chacune de celles-ci (parler désormais sans réserve, m'attendre à la fenêtre, tendre la joue pour te laisser embrasser) mais je ne prenais pas l'exacte mesure de ce vers quoi nous allions. Le soir, en rentrant à Andas, je me laissais porter par la route et je n'y pensais pas vraiment. J'arrivais à l'hôtel à la nuit tombée, la vieille hôtelière venait en traînant les jambes déposer les plats sur l'unique table dressée de la salle, parfois elle ânonnait d'un ton détaché, vaguement solennel, que quelqu'un du ministère avait appelé, que le bureau du notaire avait encore laissé un message, mais je n'en avais cure, je ne répondais qu'aux appels d'Isabelle, plus rares de Sara, et si je tentais parfois d'aller jusqu'à la maison de Saint-Paul, c'était pour rester interdit sur le seuil du garage face à l'amoncellement des souvenirs que l'on me demandait de trier et d'évacuer. Peut-être était-ce là la raison de cette halte dans le temps : un enfant qui ne veut pas choisir, mourir ou perdre, garder ou jeter, et par-dessus tout l'envie de laisser les choses revenir doucement, reprendre peu à peu leur place : ces ciels rincés de novembre, ces grèves d'Andas et de Saint-Paul, hérissées de pieux en lignes, l'immensité glacée de ce paysage que j'avais cru ne jamais revoir. Alors, dès l'instant où tu m'as dit avec une telle évidence : *quand on rentrera,* j'ai eu l'image de la maison d'Orvielle, le présage sombre de sa porte entrebâillée, et j'ai compris que tu m'avais devancé. Dans les jours précédents ils avaient transféré Laure vers un autre hôpital, et devant son lit refait, ses armoires vides, un sac de plastique oublié où l'on avait fourré en pagaille ses animaux en peluche, tu avais eu ces mots amers, un peu absents : *maintenant ils vont la gaver avec des perfusions*. À partir de ce moment tu n'aimais plus rester dans ta chambre, je te sentais plus seule au milieu des autres, exigeant à chaque visite une permission de sortie. Après le hall d'entrée, nous prenions la direction du village puis nous obliquions dès les premières maisons vers la sapinière où, parmi les lumières profondes, dans la puissante odeur d'humus, je sentais le calme peu à peu te gagner. Un de ces jours, peu de temps après que le projet de retour à Orvielle fut devenu explicite, je te revois adossée à un arbre, tu fixes entre les troncs les toits du village, tu prends une ample respiration, tu dis *ils vont avoir peur de moi, ils vont se méfier,* et en rentrant ce soir-là tu mets ta main dans la mienne comme une protection que tu demandes, *quand on rentrera.*

La rencontre avec le psychiatre aurait lieu le surlendemain (non pas l'interne aux traits efféminés, au regard fuyant, mais un chef de clinique barbu, empâté et débonnaire), il était affalé dans son fauteuil et me lorgnait derrière ses lunettes, posant quelque vague question, laissant peser de lourds silences, répétant un mot ou un autre avec une componction narquoise ou interrogative, tantôt sphinx, tantôt négociant comptable, tantôt juge désinvolte qui prononce avec lassitude des sentences de vie et de mort. Puisque vous êtes prêt à vous en porter garant, avait-il fini par marmonner, comme s'il s'agissait d'un marché qu'il n'avait d'autre choix que de conclure, aucune émotion ne se lisait sur ton visage, le dédain peut-être, tu t'étais tournée vers la fenêtre comme si la transaction ne te regardait pas.

La date avait été fixée au 12 décembre, soit deux semaines plus tard, désormais le temps recommençait son décompte. J'ai appelé Isabelle qui semblait incrédule au téléphone, répétait que l'échéance était beaucoup trop proche. Et pourtant elle était là dès le lendemain, nous étions là tous les deux face aux meubles amoncelés de ton séjour d'Orvielle comme au-devant d'une tâche incommensurable. Mais ce qui paralysait Isabelle tenait sans doute à autre chose, le vide peut-être, l'immense vide des objets dans la pièce sonore, elle me dit je n'aime pas venir ici, il me faut surmonter une sorte d'envoûtement macabre. Pour faire pièce à cette angoisse, nous nous sommes mis au travail sans attendre, il fallait nettoyer jusqu'au moindre recoin, faire entrer la lumière au travers des vitres grises de poussière, ranger, trier, séparer du chaos, selon le vague souvenir de ton ordonnancement, la convention bourgeoise du petit salon, fauteuils tournés vers le téléviseur, bougeoirs alignés sur la table de cheminée. Çà et là, je me souviens qu'il subsistait au fond des armoires, dans des caisses de carton empilées sur le palier, des effets de ta mère, robes, nappes brodées, dentelles vieillottes, réveillant l'ancienne odeur, l'esprit aigre et poussiéreux du temps où vous habitiez ensemble, et dans cette lumière basse que diffusaient les petites fenêtres j'éprouvais soudain le sentiment que rien n'avait changé, mêmes pénombres, mêmes chambres inviolables, nous étions intrus dans vos espaces, il eût mieux valu ne jamais entrer. Je me souviens aussi du répondeur téléphonique dont par un geste inconsidéré j'avais appuyé sur la touche des messages, on entendait une voix d'homme, trop brève, trop indistincte pour que l'on puisse y dégager un sens, ensuite la même voix sur fond de brouhaha et de musique, ensuite des tonalités stridentes, quelques déclics mats, comme des fins de communication, ensuite rien. Isabelle s'était immobilisée face à la fenêtre, je ne sais pourquoi j'avais eu la certitude qu'elle avait reconnu la voix.

Quelquefois la vieille voisine vint se camper dans l'embrasure de la porte arrière pour émettre à voix éraillée un commentaire plaintif, une espèce de jérémiade (est-ce que vous croyez vraiment, est-ce que c'est vraiment possible, est-ce qu'on peut guérir de ça, et le chien, vous pensez qu'elle le nourrira, le chien...), au point qu'à un moment où j'étais en haut de l'escalier j'entendis la voix exaspérée d'Isabelle : *mais je ne vous demande rien, madame, je ne vous ai rien demandé,* puis en réponse à un long grommellement : *non pas une voleuse, madame, je ne peux pas vous laisser dire ça.* En bas elle fixait la porte entrouverte où la vieille venait de disparaître, elle avait en main une petite vierge en stuc qu'elle était occupée à ranger dans une caisse en carton avec une autre statuette, cassée puis grossièrement recollée. J'ai cru comprendre que ces figurines avaient été descellées des petites niches de pierre que l'on voit partout dans la campagne, et que telle était pour Isabelle l'immensité de la tâche : tenter d'effacer au regard des autres l'impie, le profanatoire de ce qui s'était passé. Dans ce combat je ne lui étais que d'un maigre secours parce qu'il s'agissait surtout d'une lutte avec elle-même, sa propre répulsion pour le bizarre et sans doute le surnaturel. Le soir de ce jour nous avons dîné avec sa fille Solenne sur la table de ta cuisine où tout avait retrouvé un semblant d'ordre. Grâce à l'adolescente nous étions joyeux. Après le repas Solenne a tenu à me présenter le chien qui avait un nom de chienne, *Anga*, elle a forcé mon approche en l'amadouant de caresses, je me souviens des prunelles sombres du dogue, son museau haletant, humide, qui cherchait mon souffle dans l'obscurité odorante, et que je me disais cette animalité, cette animalité docile et vorace il faudra aussi la faire mienne, tandis que Solenne flattait le cou de la bête et, ses boucles mêlées à son poil ras, me taquinait de ses yeux clairs.

Le lendemain, je me suis trouvé seul dans ta chambre où j'ai d'abord préféré ne toucher à rien, ouvrir grandes les fenêtres, secouer le couvre-lit, ranger les livres de ta bibliothèque, avant qu'une curiosité me pousse à feuilleter ce cahier à la tranche rouge, épaissie de cartes postales et que tu as dû détruire à ton retour. L'écriture y était ronde, régulière, j'ai lu au hasard : *il pense que son destin le précède, il ne fait rien pour y changer, il marche droit devant lui comme aveuglé par cette lumière,* et j'ai eu l'impression d'avoir vécu ce moment, peut-être au temps où tu me faisais lire tes rêves dans un carnet presque identique dont tu étais soucieuse de cacher avec un buvard rose ce que je ne pouvais pas savoir. Quand Isabelle m'a rejoint ce jour-là, nous avons démonté le lit d'enfant, trop grand pour qu'il puisse passer par la trappe du grenier. Nous avons aussi fourré dans des sacs les jouets et les vêtements contenus dans la petite armoire, c'est une décision que nous avons mise en acte avec une détermination aveugle et sans doute précipitée. Après coup, me souvenant des moments où tu erras dans ta propre maison comme quelqu'un qui cherche quelque chose mais ne sait pas ce qu'il cherche, il me semble que ce fut une erreur. De même ce grand feu que nous avons allumé dans le jardin, nourri d'un bâti vermoulu et de tous ces branchages tordus, crânes de rongeurs ou fagots de chardons séchés qui encombraient ta remise, ce feu éclata comme un grand rire faux dans le froid de novembre, les flammes montèrent en quelques secondes jusqu'à deux ou trois mètres de hauteur, et je nous voyais fiévreux, exaltés par cette fête brutale, Solenne à court d'haleine et le chien blotti de terreur. De ce brasier sinistre et magnifique je n'ai pu te parler, comme du rangement de ta maison d'ailleurs, tout cela se passait chez toi mais comme en dehors de toi, de l'autre côté de ton monde, et je ne sais du reste dans quel état de conservation ou de délabrement tu imaginais ton monde de ce côté-là. Depuis que la date du départ avait été fixée je te sentais plus absente et sans doute plus inquiète, nous sortions moins souvent, tu ne dédaignais plus de rester à l'intérieur du pavillon face à l'une des baies vitrées de la salle commune, avec autour de nous le tohu-bohu des voix, la promiscueuse présence des autres. Le temps des visites s'était creusé de l'intérieur, nous laissions de plus longs silences et il m'arrivait plus souvent d'écourter. *Ils feront tout pour nous chasser*, as-tu murmuré un de ces jours avec une colère dans la voix. Tu parlais sans doute des gens du village et je mesurais la longueur du chemin qu'il nous restait à faire, et combien ce qui t'appelait à Orvielle te faisait aussi craindre le pire.

Le 12 décembre était un jour pluvieux et glacé, un matin comme un autre dans ce hall blafard où les employés de la journée venaient tour à tour prendre leur service. Tu attendais avec ta valise et ton imperméable. Je n'ai pas pu te regarder dans les yeux, j'ai seulement pensé que c'était étrange de quitter ainsi sans un adieu de quiconque un lieu où tu avais passé presque deux ans de ta vie. Tout d'ailleurs était étrange, ce hall qui eût pu être celui d'une gare sans nom, d'un vieil hôtel triste, alors qu'au-dehors le froid vif t'avait prise à la gorge, tu vacillais sur tes jambes comme si tu n'étais plus sortie depuis longtemps. Dans la voiture tu fixais toujours un point au-dessus de la route, la fine pluie s'était muée en une neige impalpable qui ourlait de dépôts blancs la base des arbres, et lorsque nous sommes arrivés à quelques kilomètres d'Orvielle j'ai aperçu sur ton visage de presque invisibles soulève-ments, quelques secousses éblouies face à ce que tu ne pouvais manquer de reconnaître : telle harmonie de prairies, tels entrelacs de clôtures, et plus haut les scin-tillations de la baie, tout ce qui appartenait à l'autre côté de ton monde, ce pays de glaciation qui emplissait à présent tout l'espace du pare-brise et dont tu assistais à la surrection intérieure. Et quand j'ai immobilisé le véhicule sur le terre-plein face à la petite maison, alors que l'on devinait les voisins aux aguets derrière leurs rideaux, tu es restée longtemps immobile, comme quelqu'un qui veut reculer encore de quelques secondes le moment de la rencontre. J'avais fait du feu dans la cuisine pour que les espaces soient accueillants. Tu as fini par franchir le seuil, tu regardais tout avec une expression d'indignation violente, comme si tu te refusais à reconnaître cet intérieur tiède, ordonné, presque tranquille, un coin salon, un téléviseur, un télé-phone, un cadre au mur avec des photos, puis j'ai vu ton regard chercher en vain quelque chose, tu t'es précipitée vers le garage, et j'ai entendu vos cris, j'ai fait quelques pas pour voir et j'ai mis longtemps à vous distinguer dans l'ombre, le dogue était renversé ventre à l'air, poussant des piaulements suraigus, et toi couchée au-dessus de lui, prosternée plutôt, la tête enfouie dans son pelage.

Ces jours il faut que je me les remémore, il me faut chercher derrière les détails qui encombrent ma vue, oublier la lumière trop vive de ce qui s'est passé ensuite pour tenter de pénétrer la pénombre de ces jours parce que tout était là, à peine visible mais près de surgir. Je me souviens des premières heures, quand les pièces semblaient trop vastes ou trop sonores, que tu craignais d'y entrer, me laissant déposer la valise dans ta chambre mais ne montant pas l'escalier, t'installant dans un des fauteuils du salon, détaillant l'un après l'autre tous les objets de la pièce, puis lentement le carré des fenêtres qui enfermait le jardin et l'arbre, pareil à l'image que tu avais en mémoire mais semblais ne pas reconnaître. Comme au soir de ce jour, lorsque tu avais fait quelques pas au-dehors, étais restée immobile sous la pluie neigeuse et m'avais soufflé en rentrant : *c'est si grand, Hugo, c'est immense,* avec un sourire doux et bizarrement soulagé qui me paraissait signifier ton étonnement d'être encore, au-delà de la menace, vivante. Cette nuit-là, tu as préféré dormir en bas, allongée dans le fauteuil près de l'âtre, je t'ai apporté une couverture et quand tu m'as semblé endormie je suis remonté dans la chambre. Je t'ai retrouvée le lendemain comme je t'avais laissée, la couverture te couvrait jusqu'aux épaules, tu m'as parlé de Laure qui rêvait à voix haute, tu l'as évoquée avec regret, ne sachant ce qu'elle était devenue, et cela m'a paru de bon augure que tu me parles d'elle, de ces lieux que tu avais quittés, ces centaines de nuits toutes semblables, comme une manière de marquer l'écart, la différence d'avec ta première nuit à Orvielle. Et lorsque j'ai cherché dans la cuisine le café moulu dans sa boîte de fer-blanc, c'est toi qui as guidé ma main, tu as même souri avec moi de ces faïences ébréchées, dont les illustrations sépia évoquaient des saynètes rurales, la moisson, les glaneuses, les rogations, où s'ordonnançait autrefois le monde. Le ciel s'étant dégagé ce jour-là, nous sommes sortis en promenade et nous avons pris la direction des plages les plus proches, Le Horse et Coat-meur, le chien s'égayait sur le chemin, pataugeait dans les flaques puis revenait se frotter contre toi. Au Horse la mer était basse, vaguement grondante, nappée de teintes brunes, la falaise creusée d'une grotte naturelle désormais encombrée de détritus et que nous appelions autrefois l'alcôve, mais je crois que tu ne t'en souvenais pas, cette évocation était pour toi sans objet et tu n'avais d'autre envie que de marcher d'une plage à l'autre dans l'air vif. Au retour, tu as préféré décrire une grande boucle pour éviter la rue principale et regagner la maison par l'arrière du jardin. Le dogue était fou d'excitation, tu as ouvert la porte intérieure du garage et tu l'as laissé courir dans toute la maison.

Au milieu de la nuit j'ai entendu ton pas dans l'escalier, le tâtonnement de ta main sur la porte de ma chambre puis ton corps s'est glissé entre les draps, cherchant le contact en position voûtée, fœtale, dans un enlacement agrippé et tendre où se réveillaient d'anciennes douceurs mais sans baiser ni caresse, aucun autre mot qu'un cri de refus lorsque j'avais voulu allumer la lumière. L'étreinte devait demeurer aveugle, sans visage, surtout sans visage, comme une manière de me signifier je me tiens contre toi, ne me regarde pas, reste ainsi ce tronc dur sur lequel ma vie cherche appui dans l'obscur. Tu es redescendue quelques instants plus tard. Je t'ai retrouvée au matin couchée à même le sol à côté du chien, mais tu me semblais ce jour-là plus ouverte, attendrie à mon endroit, repliant la couverture et m'aidant à installer le couvert, entrant ainsi naturellement dans le rite des choses, comme si le sommeil t'avait enfin apaisée.

Ces premiers jours à Orvielle virent sur ton visage une alternance d'ombre et de clarté, de moments où tu t'essayais à être présente, dans un contact fragile mais vivant, une audace timide, et d'autres moments, les soirs surtout, où tu devenais brusquement silencieuse, murée dans tes pensées, avec cette expression sombre et butée contre laquelle je ne pouvais rien. Sans doute y avait-il des mots à ne pas prononcer, des espaces à ne pas pénétrer, la chambre de l'enfant par exemple (voire tout l'étage de la maison sauf quand il était plongé dans l'obscurité), et même des paysages à ne pas regarder. Ne pas regarder vers l'église et le bas du village, ne pas tourner la tête du côté du cimetière d'Orvielle, ne pas fouiller dans le paquet de courrier non ouvert, amoncelé près de la porte d'entrée, ne pas interroger le répondeur téléphonique dont le voyant rouge était maintenant éteint, ne pas parler du temps ancien lorsque je venais ici même apporter un bouquet de lilas blanc à ta mère, laquelle coupait cérémonieusement le bas des tiges avant de déposer le vase sur la table parmi les trois verres de vinho verde, ne pas regarder dans cette mémoire-là, non, ni dans celle des fêtes d'Andas, ni de la maison de Saint-Paul, dont tu n'avais consenti à voir l'intérieur qu'au travers des carreaux sales, comme si ce n'était qu'une maison à vendre, rien de plus, avec des volumes, des parquets, des cheminées de marbre, sans trace aucune de cette clandestinité douce où nous nous étions aimés. Refermer la vieille grille de Saint-Paul donc, ne jamais évoquer cette époque, vivre dans la seule nécessité du jour, la neige qui menaçait de tomber, le chien qui gémissait au pied de son écuelle, le bois qu'il fallait rentrer de la réserve, et face au feu mourant ou renaissant t'entendre soudain évoquer le désert, au détour d'un mot, d'une allusion brève, comme si c'était la trame unique de notre histoire, et sentir que tu me touchais, oui, cherchais à m'atteindre à mi-voix avec une question intime sur la nuit là-bas, la rencontre avec les combattants là-bas, la fête de guérison là-bas, Sahana dont je t'avais donné le nom : *est-ce qu'ils la laissaient seule avec toi, Sahana ? est-ce que tu voyais parfois son visage ?* et savoir que tu n'attendais aucune réponse, simplement appelais l'image, laissais se poser l'image, te laissais absorber un instant par l'image.

Pendant les promenades se fixaient quelques haltes, toujours les mêmes : la chapelle en ruine de la Vierge aux Oiseaux, la mer à Coatmeur, ou bien marcher vers Les Auries puis obliquer avant la plage et s'arrêter sur le plateau, d'où le regard plongeait vers les hangars d'Argilès. Autour des hangars certains demi-sang trottaient dans la prairie bourbeuse, leurs jambes grêles, leurs robes lustrées par la pluie, grises ou alezanes, en un ballet gracieux et allègre qui semblait prendre source dans la noirceur du portail, le remuement des ombres condensées dans l'encadré noir. Plus loin, il y avait un abri de pierres d'où nous regardions s'allumer les lumières de la ville, le collier des phares sur la voie rapide, et tu disais tout bas : *maintenant ils reviennent*

de leur travail, ils rentrent dans leurs maisons, les
hommes chez les femmes, ils vont allumer la télévision,
me laissant entendre dans ta voix la même inflexion
hautaine qu'à l'hôpital lorsque tu me confondais dans
ton regard sur le monde, et m'isolais avec toi du monde
au point que je n'aurais rien pu dire pour briser cet
enveloppement.

Au retour d'une de ces promenades, je me souviens
qu'une enfant de dix ou douze ans, qui avait dû être
une de tes anciennes élèves, s'était retournée plusieurs
fois vers toi, avait fini par t'attendre au haut du chemin,
puis s'était précipitée à ta rencontre en s'écriant
madame Alice, madame Alice. D'abord tu avais fait
semblant de ne pas la reconnaître puis tu l'avais serrée
sans un mot avec des larmes dans les yeux, te murant
ensuite dans un silence noir, une noire obnubilation,
une sorte de honte ou de détestation de toi, qui durerait
toute la soirée, pesant sur chacun de nos gestes, au
point que j'avais eu envie de crier cesse, mais cesse
de vivre dans l'évitement de vivre, et dire ce que je
savais, ce qu'ils m'avaient raconté sur toi, et prononcer
dans le silence le nom de ta petite fille, dire elle est
née, elle est morte, tu peux monter voir sa chambre à
l'étage, *c'est rangé maintenant, fini*, mais je m'entendais parler d'autre chose, chercher à briser ton mutisme
par une question, une invitation creuse, ma voix
enrouée de colère, te répéter pour la centième fois de
ne pas oublier ton médicament du soir, cette tablette

118

bien en évidence sur la table, ces gélules rose et bordeaux, huit, dans leurs alvéoles de Celluloïd. Et tu hochais la tête docilement comme à l'hôpital, et le sujet était à jamais clos, tu n'y toucherais pas. Dans la nuit tu montais me rejoindre, toi ou l'ombre de toi, ton corps cherchant le contact, l'enlacement, jamais le dialogue des peaux ou des lèvres, simplement venir se coucher là, s'appuyer là, prendre obscurément force, respirer à souffle rapide, ta tête contre ma poitrine, puis par à-coups desserrer l'étreinte.

J'ai beau chercher dans ma mémoire, je suis étonné qu'entre le 12 et le 31 décembre il y ait eu si peu de visites, comme si les autres se méfiaient encore de toi ou tenaient à protéger cette coque fragile de ton retour au monde. Sous le prétexte du chien la voisine vint plusieurs fois s'encadrer dans la porte du jardin et te dévisager à la dérobée avec l'expression morne, soupçonneuse de celle qui en savait long sur ta maladie. Isabelle attendit quelques jours pour se manifester, tu étais face à elle comme une petite fille gênée, produisant des réponses convenues, souriant en baissant les yeux, entre vous l'écran était dressé, ce je-ne-te-reconnais-pas de l'amitié perdue, cette distance impossible à annuler depuis les hangars d'Argilès, et quelque chose comme la peur, de heurter l'autre ou de se découvrir. Isabelle avait rapporté un livre que tu serrais entre tes mains comme l'objet disparu d'autrefois, puis vous aviez fait quelques pas dans le jardin, et je vous avais trouvées très belles en ce jour de lumière hivernale, deux amies ou deux sœurs, égarées sur la pelouse d'herbe haute, avec le chien qui courait de l'une à l'autre. Je me souviens aussi du regard qu'Isabelle m'a lancé en rentrant dans la maison, un regard appuyé et perplexe, quelqu'un qui ne savait pas, pressentait quelque chose mais n'osait accorder foi à ce pressentiment. C'est à la seconde visite qu'elle nous a communiqué l'invitation au réveillon, elle a insisté en disant que plusieurs invités souhaitaient te revoir, elle a même eu ces mots : *Jacques aussi serait heureux que tu viennes.* Je crois qu'elle entendait effacer ainsi, si c'était encore nécessaire, la tache de ta liaison avec son mari. Tu as réagi à peine mais je sais que ces mots se sont imprimés en toi, plusieurs fois tu m'as répété par la suite combien tu détestais les fêtes bourgeoises, ajoutant cependant que nous irions, il nous faudrait y aller, nous n'avions pas d'autre choix que d'honorer l'invitation des Sengui. Aujourd'hui je ressens avec plus de clarté cette impression de menace diffuse à laquelle l'échéance venait de donner corps. Cette menace n'était extérieure qu'en apparence. Lorsque le téléphone sonnait il faisait tressaillir la maisonnée et gémir le chien. Je me souviens qu'à plusieurs reprises je t'ai retrouvée accrochée au combiné, acquiesçant d'un ton éteint, confidentiel, à la voix, toujours la même, qui grésillait de l'autre côté. Ton visage était au bord du sanglot et tu faisais non de la tête comme à un appel intérieur qu'il te fallait repousser coûte que coûte. J'ai eu la confirmation plus tard que c'était Sara qui cherchait à te parler, une partie obscure était engagée avec elle, tu désirais l'entendre et au même instant tu t'y refusais. Une seule fois tu m'as passé le téléphone comme si c'était pour moi, et je me suis trouvé à devoir répondre à un employé d'une société d'assurances, mandaté par la partie Gotthammer, pour le dossier du même nom, l'homme revenait sans cesse à la *déclaration du sinistre Gotthammer*, ce nom que tu ne pouvais pas entendre, cette saleté dans la mémoire, le sinistre, la dévastation, l'incendie dans la maison des Gotthammer. Après ce genre d'intrusion tu éprouvais brusquement l'envie de partir, te laisser prendre par le vent, les espaces, la mer dressée à Coatmeur, la muraille grise de la vague face à laquelle tu restais de longues minutes en contemplation violente. Et quand nous rentrions frigorifiés dans la maison tiède, tu avais la parole plus facile, tu disais j'aime bien le vent, la tempête, ou comme une incise, soudainement, *c'est lent à revenir, Hugo, c'est lent.* Me barrant soudain la route tu demandais pourquoi tu fais tout ça pour moi, Hugo, pourquoi ? Et prolongeant ta pensée : nous aurions dû peut-être rester ensemble, nous n'aurions peut-être jamais dû nous quitter, cette phrase prononcée avec détachement, moins comme une allusion à notre histoire que comme une question sans réponse : pourquoi les hommes et les femmes ne restent-ils pas ensemble ?

Parfois tu fixais l'écran du téléviseur sans y mettre le son, comme fascinée par la fuite éperdue des images. Là était le monde, futile et factice, à jamais hors d'atteinte. Et parmi les livres au-devant desquels tu demeurais fascinée, comme incapable de lire, je me souviens d'une monographie consacrée à Piero della Francesca, tu l'avais ouverte à la page du retable de Brera : une Vierge mains jointes et paupières closes, entourée de personnages figés, dans une abside blanche, sur les genoux de cette Vierge un nourrisson nu que nul ne regarde. J'ai pensé souvent que Piero, avec ses lumières blêmes et ses visages statuaires, appartenait un peu à ton monde de silence, mais ce n'était peut-être pas cela. Lorsque tu regardais fixement cette image, il me semble aujourd'hui que tu assistais au débord sur l'image d'une autre figuration, mouvante, insaisissable, apparaissant, disparaissant, dévorant l'image mais n'existant que par elle, et te plongeant dans une trop douce incertitude, un vertige à reconnaître, une sensation de saisir et de perdre, comme au fil d'un éblouissement, dans cette danse des formes où le réel apparaît inconcevable et pourtant réel. Comme quand tu cherchais à percer dans l'obscurité des hangars d'Argilès les corps des chevaux emmêlés, et sur la prairie alentour, surajoutés à cette ténèbre et comme émanant de celle-ci, ces mêmes demi-sang au trot, décrivant des cercles bondissants et gracieux. Comme face à ces photos de famille que je te savais remuer dans la boîte en fer-blanc (la nuit surtout, propice à tous les va-et-vient, les vérifications, les fouilles) et où surnageait toujours le même cliché de tes parents : toi, dix mois peut-être, tout auréolée de dentelles blanches, assise sur les genoux de ta mère, si mince à l'époque et si ressemblante à celle que tu es devenue, à côté de ton père, ce bel homme endimanché au foulard de docker, aux énormes mains posées sur les cuisses, et à l'expression railleuse, goguenarde qui confirmait à jamais sa réputation de coureur de femmes, père indigne, disparu des photographies ultérieures, tandis qu'un oiseau empaillé, un perroquet à l'œil rond, était juché sur un pied ouvragé devant le paysage peint du studio photographique. Cette image, je crois que tu cherchais à la percer, non tant pour épuiser le mystère de ces destinées, mais de nouveau pour te laisser griser par l'indécision de ne pas savoir, n'être pas tout à fait certaine, étaient-ils vivants ou morts ? était-ce toi l'enfant aux dentelles ? d'où naissent les chevaux ? dort-il, l'enfant de la Vierge ? dormait-elle, mon enfant au matin de ce jour ? sommes-nous seulement réels, ma tendre adorée, quelle est cette vérité dont la vérité éternellement nous exile ? Et si l'on peut habiter ainsi sur la tranche du doute, voir sans fin trembler la ligne, comment croire encore à ce qui est, et penser que la langue n'est pas un immense désordre, la langue mais bien avant la langue, le lié, le fondé, l'institué de la langue ?

Un jour tu m'as supplié *fais quelque chose, Hugo, j'ai peur que ça recommence,* et malgré mes questions tu es restée sans voix, comme s'il n'y avait rien à dire parce qu'il n'y avait rien, le mal était à la naissance de la parole, la tienne, à laquelle tu me demandais de faire violence. Mais lorsque au milieu de la nuit tu venais te couler contre moi, je n'étais plus dans cette discorde. Là, tu désirais que ma main guide la tienne pour *montrer comment elle faisait, Sahana,* et je me pliais à ce jeu, je tremblais à ce souvenir, cet espace de la nuit devenu le vôtre, vous deveniez sœurs dans l'obscurité, tu te laissais aller à cette cérémonie aveugle dans une griserie d'être un peu toi et l'autre, ici et ailleurs, dans la nuit étroite d'Orvielle, dans la nuit rouge de la tente touarègue, grâce à elle ton corps s'ouvrait à son savoir ancien d'amoureuse, et parfois tu t'endormais à mes côtés avant de redescendre.

La douleur me clouait à la terre tandis que je me répétais absurdement : il faut me mettre à couvert, *il va revenir, maintenant il va revenir.* Puis j'ai l'image inconcevable du soir de ce jour : le soleil rouge au ras de l'horizon, le bas de caisse de la Toyota surmonté d'une colonne de fumée droite et partout alentour des vautours par dizaines, tout un peuple de vautours, juchés sur des pierres, leur plumage fauve, argenté, noir, leurs yeux doux et fixes, dénués de toute menace, l'un d'eux déployant parfois ses ailes pour prendre son envol, planer en cercles lents dans le ciel du soir pour s'établir un peu plus loin, et pas la moindre répulsion, pas la moindre sensation de danger, pas même l'idée qu'ils attendaient que mon corps se vide de son sang, l'impression au contraire d'une incroyable grâce de leur port et de leur vol, comme s'ils faisaient partie d'un tableau, d'une fresque admirable dans cette clarté crépusculaire qui ne pouvait appartenir qu'à l'hallucination mais resterait gravée à jamais dans ma mémoire comme émanant d'un pays somptueux où toute terreur était absente, toute distance abolie, les pierres, les animaux, les hommes. Plus tard j'ai entendu près de mon oreille la voix suffoquée de mon guide, heurtée par une autre voix, plus sourde, et j'ai senti des mains me soulever fermement sous les aisselles, me hisser sur un dromadaire, m'amarrer à l'arrière de la bosse, m'immobiliser la jambe en extension extrême, avec la sensation soudaine d'un corps qu'ouvrait en deux la douleur, un corps près de rompre au moindre à-coup de la marche et chaviré en avant à chaque foulée lente de la monture. Puis je me souviens du lendemain ou du surlendemain, j'étais étendu sur une couche dans une case en banco tandis que bourdonnaient les mouches de midi, qu'on entendait au loin le chant des coqs, le braiment des ânes, un volet de tôle ondulée grinçant avec le vent et martelant la terre, le choc sourd des pilons. Ma tête était décrochée en arrière et j'éprouvais partout sur la peau cette sensation de sueur froide, comme une pellicule glacée, cadavérique. Parfois j'entrouvrais les paupières, détaillant le mur de torchis, ses éclats de pierre incrustés, ses dégoulinures séchées, et plus haut sur les solives de la toiture de longs insectes, mi-guêpes, mi-libellules, qui construisaient des nids nacrés, alvéolés. Mais hors ces brefs moments de conscience tout n'était que mouvements de l'ombre, au long des jours et des nuits une seule nuit, une longue lente noyade, secouée de vagues réveils lorsque des mains se saisissaient de ma tête pour incliner sur ma lèvre le bec métallique de la théière et me faire absorber un liquide trop sucré, tiède, parfois des gruaux, enfoncés à la cuillère, et parfois le goût du lait, en lourdes goulées suffocantes. Ces mêmes mains qui retournaient mon corps, passaient un chiffon poisseux sur mon visage, appuyaient avec un drap en boule sur le bas de mon ventre pour expulser l'urine, ou se démultipliaient pour me laver la peau du cou et des jambes avec une sorte de crin rêche, se séparaient en deux, les unes fourrageant avec des instruments à pointe dans l'extrême fond de la blessure, et les autres me serrant en casque la tête, introduisant dans ma bouche une tresse d'herbes séchées, long fuseau juteux et amer que serraient mes mâchoires, ces mains-là qui appuyaient sur mes tempes, m'allongeant indéfiniment le corps au point que ma tête se détachait à nouveau, jouait de cette dislocation, sensation de ne plus sentir, ne plus entendre que lointainement les cognements des fers, l'ahanement des voix, flotter malaisément, à l'envers, à l'endroit, dans l'inquiète imminence et appeler des images pour m'étourdir, me gaver la tête d'images comme on prolonge un rêve. Image pure des vautours, leurs yeux diamantins, calmes, leur collerette neigeuse, leur pennage flammé par le soleil du soir et leur ballet lent, circulaire, dans le royaume des formes

amples et pures, large envergure des vautours venus
m'emporter dans leurs serres au-dessus des vallées, des
montagnes pierreuses, me lâcher, me reprendre, me
faire tournoyer dans l'air chaud, plonger dans mes
chairs et déchirer mes peaux avec leur bec en or, un
enfant courant, moi, dans une maison ouverte, où
s'engouffrait le vent, toutes portes battantes, salons,
couloirs, enfilades de chambres, maison de Rouen,
maison de Saint-Paul hantée par l'épaisse silhouette de
Mana, Mahouna, cheveux argentés sous le luminaire
de la cuisine, et des papillons blancs tout autour, des
milliers de papillons blancs comme des taches sur la
rétine, toi découpée face au ciel d'une vitre avec ta
robe d'été, soulevée par le vent, l'éclat chaviré de tes
yeux, ta tête qui brusquement tombe, *je ne suis pas
bien, Hugo,* puis une vaste salle en pente, un escalier
où j'avais peur de descendre, remontant à reculons, me
forçant à revenir sur mes pas mais ne retrouvant rien,
parce que rien ne ressemblait à rien, les couloirs
devenus trop sombres et sous la dalle soulevée du sol
cette espèce de chose noire, indistincte et pulsative,
signalée par les élancements, cette masse de chair et
d'os où avaient fourragé les hommes, ce corps détaché
de moi qu'ils couvraient et remettaient à nu, lavaient,
retournaient de leurs mains rêches, remplissaient et
vidaient de thé amer, au point que j'aurais hurlé : mais
jetez-le au feu ce corps, qu'il flambe, noyez-le,
broyez-le, donnez-le en pâture aux oiseaux, *mes*

oiseaux, mes oiseaux, jusqu'à ce que dans l'ombre je ressente une présence plus douce, un tranchant de paume qui ne ressemblait à aucun autre, se posait ici et là sur la peau sensible, n'appuyait jamais, ne heurtait jamais, passait et repassait sans rugosité, sans hâte, réveillait patiemment le contour de la peau, contournait, chantournait la zone de douleur (afin que je ne sois plus ailleurs, mon âme, mon désir, afin que je revienne vers l'outre lourde de sang noir, la jambe dans l'étau, la torridité de l'air, les bourdons, les pilons, les ombres). Et désormais je guettais le bruit d'étoffe de son passage, son parfum musqué de femme, son toucher, sa présence tapie de femme, j'épiais ses moments de proximité, me forçant à ouvrir les paupières, cherchant à apercevoir entre les deux pans de son voile la lumière en creux de son visage.

Avant la soirée du réveillon tu t'es enfermée dans la salle de bains pendant plus d'une heure. Dans le miroir j'ai vu tes joues poudrées, tes yeux soulignés d'un trait noir, et sans doute toute la détestation que tu vouais à la circonstance, toi qui ne te maquillais jamais. Quelque chose dans cet apprêt faisait un peu peur, ton regard semblait agrandi avec cette impression de masque tragique que suscitait le fond de teint trop pâle. Ton étole et ta robe pailletée de reflets mauves ne te ressemblaient pas non plus et quand je t'ai vue quitter la maison chancelant sur tes talons hauts j'ai pressenti ce qui allait se passer. Nous avons parqué la voiture dans l'allée des Sengui mais lorsque j'ai éteint le moteur tu ne voulais pas sortir, tu étais comme paralysée, le regard aimanté par la façade éclairée qui avalait l'un après l'autre les couples de convives. Une légère pluie moirait les toits des voitures, tu m'as serré la main et tu m'as demandé, quoi qu'il arrive, de rester près de toi pendant toute la soirée. Pourtant, dès que la porte s'est ouverte et que la fête nous a absorbés, il m'a semblé que je n'existais plus pour toi, tu semblais flotter librement dans le brouhaha musical et c'était une surprise pour moi de te voir sourire à ces visages que je ne connaissais pas, participer aux conversations et boire d'abondance. Je n'ai pas remarqué l'éclat particulier de ton regard, ni l'espèce de recul que tu provoquais chez les autres. Dans le grand séjour des Sengui ils avaient repoussé les tables et laissé pendre des lampions de couleur dont la dominante rouge estompait les corps et exaltait les visages dans cette fébrile promiscuité des débuts de fête. Solenne Sengui, toujours un peu perdue, était venue m'embrasser sans un mot puis une élégante m'avait entraîné loin des haut-parleurs pour m'entretenir, son verre à pied au bout des doigts, de ses voyages africains, de la misère et du prix de la vie dans ce continent oublié. Je l'écoutais distraitement, je détestais, autant que toi sans doute, cette comédie de la parole, la parole constamment forcée, ces belles âmes indignées, soucieuses avant tout de leur port de buste et du niveau de leur conversation. Je t'avais perdue à ce moment-là, je t'ai aperçue lorsqu'ils ont brusquement augmenté le volume sonore, tu étais à l'autre extrémité de la pièce, le regard habité par une fixité rageuse que je ne t'avais jamais vue, elle était adressée à un homme vers lequel tu t'es brusquement dirigée, j'ai vu alors la déformation de tes traits, ta bouche tordue, grimaçante, dont les paroles étaient couvertes par la musique puis si stridentes que les plus proches s'étaient retournés, certains faisant un pas en arrière, te laissant seule face à Jacques Sengui, à l'évidence l'homme auquel tu hurlais *c'est la folle, tu vois bien que c'est la folle, tu vois bien que c'est elle, la folle !* Dans la cohue Isabelle est accourue à ta rencontre et t'a prise par la main pour t'entraîner vers le couloir. Je vous ai retrouvées toutes deux sous l'auvent du jardin, vous étiez à peine éclairées par la lueur de la fenêtre, toi tête bizarrement renversée en arrière et Isabelle qui te parlait à l'oreille, m'intimant d'un geste sec de vous laisser seules. Et quand je suis revenu au milieu de la fête plusieurs couples s'étaient remis à danser, j'entendais partout des éclats de rire comme s'il fallait effacer au plus vite ce qui venait de se produire. Tu es réapparue un long temps plus tard, nous approchions de minuit et la musique était à son comble, tu avais déposé ton manteau sur tes épaules et tu t'étais avancée sur la piste, gagnée lentement par le rythme, une espèce de déhanchement, puis peu à peu des contorsions, des secousses et comme des coups que tu te portais à toi-même, dont tu semblais au même instant vouloir te protéger, ta main gauche reposée dans ta main droite au-devant de ton ventre, cela même attirant le regard et l'interdisant, comme l'exhibé, l'obscène de ce que l'on savait trop, ton enfant sur ton ventre, ta petite nue, regardez-la, ma petite nue quand elle se pose ainsi sur mon ventre, et se tient en majesté comme un Jésus sur un giron de Vierge. À présent les autres s'écartaient pour te laisser plus seule encore, avec sur tes lèvres ce sourire de morgue, de jouissance solitaire, le retour de ce sourire que j'avais connu à l'hôpital mais presque oublié, me laissant comprendre, à moi mieux qu'aux autres, que désormais c'était à nouveau ouvert, la plaie redevenue sanglante, malgré toutes les ruses, les stratagèmes, les manœuvres de retardement, puis j'ai entendu tout près la voix dure d'Isabelle Sengui : *reprenez-la, elle va tout gâcher*, et quand je me suis avancé vers toi, tu m'as regardé comme une femme ivre, tu n'as pas voulu que je te touche, plus tard tu as fini par quitter la piste de danse et tu es restée un temps dos tourné les mains à plat sur le buffet, j'ai vu venir le moment où tu allais d'un geste balayer tous les verres, mais tu n'as rien fait, l'expression de défi a quitté tes yeux, la menace est passée, j'ai dit que j'avais honte et qu'on allait rentrer, tu m'as regardé sans comprendre mais cette fois tu m'as suivi.

Honte de quoi, maugréais-tu dans la voiture, quelle honte mais quelle honte, et je te sentais revenir sans cesse au mot honte, le retourner en tous sens dans une controverse avec toi-même, butée, torpide, comme si ce n'était pas un mot de la langue. Puis je te vois rentrer dans la maison, ignorer le chien qui vient à ta rencontre et te diriger vers l'armoire de la cuisine pour engloutir au goulot de longues rasades de vin noir, je te vois assise sur le divan, la bouteille enfoncée entre tes jambes, le vin ruisselant sur le menton, tu marmonnes que Jacques Sengui, maître Jacques Sengui, avocat prestigieux, fait l'amour avec toutes les femmes, sans distinction aucune, ses clientes, les amies de sa femme, maître Sengui Jacques jette après usage les femmes qu'il baise, par le devant ou par le cul, puis il fait de grandes fêtes et toutes les femmes sont là, ça caquette, ça piaille, c'est le grand poulailler de Sengui, tu bois, tu vides la bouteille, tu te laisses tomber sur le divan, tu te roules en chien de fusil, tu es saisie de hoquets nerveux, des sanglots ou des rires, des sanglots, tu prends d'amples respirations puis d'une voix sup- pliante : *enlève-moi ça, Hugo, je suis toute puante.* Je t'aide à enlever ta robe, je pense que je ne t'ai jamais vue ainsi, jamais nue dans la lumière, hier encore tu te cachais, tu t'enfermais dans la salle de bains, tu attendais la nuit pour me rejoindre dans la chambre, et cette nudité m'émeut parce que ton corps est blanc, maigre, incroyablement juvénile, comme s'il remontait intact d'il y a vingt ans, et la surprise de le voir ainsi déjeté, comme virginal, est un instant plus fort que le dépit, la honte, la colère. Je dépose sur toi une couverture, le chien vient se coucher à tes pieds, il me semble que tes paupières sont lourdes, tu vas t'endormir. Plus tard je suis dans la chambre, j'ai dû perdre un instant conscience, j'ai été réveillé par des va-et-vient en bas, des bruits de meubles déplacés puis distinctement : un déclic, un autre déclic, une tonalité stridente, compulsivement réenclenchée, tu es debout dans un recoin sombre du séjour, nue sous ton peignoir ouvert, tu me regardes et tu as peur, ton doigt appuie à intervalles sur la touche du répondeur téléphonique où crachote la voix de l'homme, l'espèce de bougonnement inquiet, vaguement interrogatif sur fond de brouhaha, je veux m'approcher, tu as un mouvement de recul, tu dis *faut pas toucher à ça, Hugo, faut pas, parce que j'ai bien vu tout à l'heure, j'ai vu ton drôle de jeu*, et tu as un geste menaçant, bizarre, l'index tendu en oblique à hauteur des lèvres, et je comprends à ce moment-là que la partie est perdue, la folie est entrée dans la maison, la folie ta sœur noire se tient droite derrière toi, désormais tu habites avec la folle. Pourtant c'est toi qui reviens vers moi d'une voix soudain grêle : *il faut me croire, Hugo, il ne faut pas les écouter, parce qu'il n'a rien fait, lui, c'est un homme qui n'abîme rien, il est incroyablement bon pour les autres, la crapulerie c'est eux parce que pour eux il ne sera jamais qu'un clando, un sale clando qui vient profiter du système et faire des enfants dans le ventre des femmes*, je réponds que je n'ai entendu personne me parler ainsi de lui ou de toi, je poursuis : ni de la mort de la petite, *Maïté*, et je sens le prénom s'inscrire

135

en toi à l'instant où tu me regardes outrée, puis tu fais quelques pas dans la pièce, tu t'immobilises, soudain saisie par une longue inspiration, un sanglot unique, la main sur le visage, et tu murmures tout bas une espèce d'imprécation rauque, ensuite tu vas vers la cuisine, je te vois de dos hésiter un temps face à la porte vitrée du jardin puis brusquement abattre ton bras au travers de la vitre qui vole en éclats, il y a du sang partout, sur ton peignoir, sur ton visage, et tu me regardes accourir vers toi, comme une petite fille fautive, soudain revenue à elle, et que tout ce sang affole et qui demande pardon.

J'avais cru bon de retourner chez Sengui parce qu'il n'était que quatre heures du matin et que le médecin pouvait encore y être, mais quelqu'un m'a dit qu'il venait de partir. Il ne restait plus qu'une bonne moitié des convives, quelques couples dansaient dans l'ambiance enfumée, chaotique, de fin de fête. Je n'ai pas eu la force de demander l'adresse du docteur, encore moins celle de parler à Isabelle, quelques regards détournés ont achevé de me convaincre qu'il valait mieux que je quitte les lieux. Même si j'ai entendu une voix dans mon dos lorsque je descendais l'escalier de pierre, même si je crois, je sais qu'il s'agissait d'Isabelle, je ne me suis pas retourné. Chez toi la porte du jardin était grande ouverte, tu étais partie. Il y avait du sang partout. J'ai vu que tu avais pris puis laissé un sac dans lequel tu avais fourré toutes sortes de vêtements, sortis en hâte des armoires. J'ai marché dans la nuit puis je suis rentré. Il m'a semblé qu'il fallait d'abord nettoyer le sang, remettre de l'ordre dans mes pensées, attendre. Le jour qui se levait était un jour gris, venteux mais sans pluie. J'ai cherché les empreintes de tes pas dans la boue du jardin puis sur le sentier de Coatmeur, auprès d'un feu éteint, quelques pierres enduites de suie, humide, mais ce ne pouvait pas être toi. Méthodiquement j'ai repris nos parcours, les lieux où nous faisions halte, la décharge aux oiseaux, là où le regard plonge vers Argilès et la voie rapide. C'est en passant à côté du camping désert, cet immense parc à caravanes dont le vent faisait tinter les amarres métalliques, qu'une femme m'a appelé, gonflée par un anorak noir. Elle semblait être la gardienne du parc et m'a demandé en criant si je cherchais un chien. Elle a fini par me conduire jusqu'à une bâtisse en parpaings où le dogue était enfermé, haletant, piétinant sa laisse. J'ai dû peu à peu calmer la bête tandis que la femme bredouillait sa stupeur, son incrédulité, la porte étant, disait-elle, doublement verrouillée. Par la suite je me suis laissé mener par le chien qui filait museau au vent, droit vers Le Horse, puis de nouveau Coatmeur, jusqu'à ce qu'il semble avoir perdu ta trace, se couche les oreilles basses dans un creux entre deux dunes, puis reparte là d'où nous venions. Au bord de la plage de Coatmeur la route côtière était envahie de fondrières de sable puis elle faisait un coude dans la remontée avant de desservir les résidences secondaires dont on voyait pointer les cimes des arbres. Brusquement le chien s'est immobilisé, le museau bas, les oreilles dressées, il a pris la direction d'une allée, une villa grise à tourelles, cernée de pelouses, et il s'est mis à piauler devant une porte-fenêtre dont un volet battait au vent. Tu étais là rencognée dans la pénombre intérieure, tu semblais heureuse, soulagée, tu parlais à voix basse : referme le volet, Hugo, ici nous sommes bien, ils ne nous trouveront jamais, *nous sommes bien*.

Dans le grand séjour de la villa je te regarde, tu es debout face à la porte-fenêtre avec ton manteau noir et un grand châle qui t'enveloppe les épaules et dissimule ton bras gauche, tu fais le guet au travers des stries horizontales des volets, tu te retournes vers moi, tu dis qu'il ne faut pas la réveiller là-haut, qu'elle a un sommeil fragile, *si adorablement, là-haut,* tu décrètes mystérieusement : *c'est la condition, la condition absolue,* et dans ces mots, dans la façon chuchotée mais impérative dont tu les prononces, à la faveur d'autres gestes, d'autres déplacements, toujours tendus, muets, suspendus, je te sens déployer un entrelacs de fils, de précautions étranges, une toile asphyxiante, tu pourrais crier mais tu ne cries pas, ton visage se déforme jusqu'au cri mais ta parole reste douce, tu pourrais fracasser d'un geste la vitrine du buffet, mais il ne faut pas, non, il ne faut pas risquer de troubler le sommeil de celle qui là-haut pèse de sa présence, et qui de sa présence sacralise les lieux où nous nous tenons, ce grand séjour glacé, tamisé par les volets clos, rehaussé d'objets d'art, un piano droit, une tapisserie au mur, scène de chasse au faucon, et un tableau vertical devant lequel tu restes en arrêt : femme arbre, femme incluse nue dans le tronc d'un arbre, fœtus femme dans le grand fût végétal, plus tard tu montes par l'escalier tournant du hall, j'entends là-haut des bruits de portes, tu redescends, tu t'assieds jambes repliées au fond d'un fauteuil, tu me regardes, l'œil secoué de légers tics, tu inclines la tête, tu dis *parce que ici ils ne la trouveront jamais, c'est comme un trou dans la peau du monde, alors elle vient dans le lit, on dirait qu'elle dort mais elle ne dort pas, j'ai bien vu tout à l'heure quand je l'ai prise, j'ai bien vu qu'elle ne dormait pas, elle entend tout ce qu'ils disent, quand ils crient, quand ils parlent dans leurs rêves, ou aussi quand ils pleurent, elle entend leurs larmes, tout, et quand ils gémissent à deux dans les chambres, et quand ils respirent tout doucement pour vivre encore un peu, et les prières qu'ils disent, elle reçoit tout ça en elle, c'est plein de voix derrière ses paupières, plein de pensées aussi, des millions de milliards de pensées, moi je sais quand je mets ma tête tout près, alors j'entends un peu, ça fait mal, ça fait des petites piqûres, mais elle, on dirait qu'elle n'a pas mal, elle dort ou elle se repose, tout passe dans sa tête et rien ne la*

dérange, rien n'est perdu, rien n'est oublié, tout est
pesé, tout est rendu, c'est comme une beauté qui est
calme et qui n'a besoin de rien, qui n'a pas besoin,
non pas besoin de mon lait, qui n'aime pas mon lait,
qui crache mon lait, pas besoin de ma nourriture, mon
lait est trop rance, il est rance mon lait, et elle, elle ne
veut rien d'autre que dormir sans presque respirer, et
recevoir les échos de leurs milliards de voix pour que
ça soit plus tranquille dans leur tête, ainsi quand ils
dorment ils oublient, ils ont le mal qui part, moi ça
m'est égal pour le lait, parce qu'elle n'en a pas besoin
au fond, et puis ça rancit toujours, c'est comme le
corps et la peau, c'est plein de taches à la fin, eux ils
ne comprennent rien au bien qu'elle leur donne, ils
veulent l'enterrer, la mettre dans un cercueil, et puis
c'est fini, terminé, ils disent qu'on pourrit dans la
fosse, après c'est fini, terminé, on n'en parle plus, alors
quand elle revient, ma petite princesse, quand je la
sens qui appuie sur mon ventre et qui revient pousser,
alors, vite, il faut faire un creux dans les draps quelque
part, et trouver une belle maison, un bel intérieur avec
de la moquette, des chambres, quelque chose de doux
et de silencieux pour elle, comme ça elle pourra rester.

La main sur la bouche tu es secouée de légers rires,
comme si tout cela n'était qu'un jeu, une mystification,
je te le dis, je te le répète, mais tu annules aussitôt mes
paroles, tu en détournes le sens, tu dis pourquoi rentrer
à la maison, Hugo, ici c'est notre maison, c'est notre

belle grande maison, et je te sens à nouveau près de
crier mais ne criant pas, le soir est tombé, on entend
au loin des aboiements qui font brusquement se raidir
le dogue, tu n'es plus qu'une ombre dans la pénombre,
tu te lèves, tu vas à tâtons jusqu'à la cuisine d'où je
t'entends fouiller dans les tiroirs, tu réapparais avec en
main une bougie allumée que tu installes devant le
tableau de la femme arbre, une autre est posée sur le
couvercle du piano, une autre dans le hall, c'est un
envoûtement, une cérémonie minutieuse, tu vas et tu
viens, dans ce rez-de-chaussée transformé en chapelle
de nuit, tu as planté trois bougies dans un chandelier
et tu empruntes l'escalier du hall, tu m'interdis de te
suivre, plus tard tu m'appelles, j'entends ton cri là-haut
comme un gémissement qui s'étouffe, parmi les mas-
sifs d'ombres le palier ouvre sur une vaste chambre à
coucher, les bougies du chandelier sont disposées à
trois endroits de la chambre et tu t'es enveloppée d'une
couverture, nue il me semble, dos à la porte d'une pièce
attenante, attendant mais n'ouvrant pas, demeurant
l'œil fou sur le seuil de la chambre voisine, je dis que
c'est insensé ce que tu te joues ainsi à toi-même, ce
théâtre, ce film, tu répliques par une formule d'annu-
lation douce, silence à toi qui ignores le sens des mots,
puis tu laisses glisser la couverture, tu te coules contre
moi nue, tu cherches ma peau et mes lèvres, tu es la
folle au pubis nu, l'amoureuse, celle que j'avais aimée
dans la chambre de Saint-Paul, devenue crypte, alcôve

à la lueur solennelle des bougies, lorsque tu te déshabillais avec dévotion, tandis que la vieille Mahouna dormait derrière la cloison, ou que nous étions seuls après sa mort, mais que sa présence incertaine invitait à ne pas troubler son incertain sommeil, tu es la femme au corps nu de garçonne, la folle androgyne, et qui de sa folie m'envahit, me contamine comme si entrer en toi, entrer avec toi, basculer avec toi dans cette liturgie allait me perdre à mon tour, et je répète que c'est une folie, un film, cette chambre n'est pas la nôtre, tu implores et tu trembles, tu dis je veux sentir l'amour pour me guérir, sentir l'amour à l'intérieur de mon ventre, tu promets qu'on rentrera après l'amour, on arrêtera le film.

Dans le lit après l'amour je vois ton sourire, cette liqueur vénéneuse, mais quelque chose a changé, ton corps gît apaisé, tu parles à voix basse à propos du sexe noir, peau blanche et peau noire, tu dis *la noce alchimique*, tu dis que dans son pays on ne prend pas les femmes comme ici, mais que lui il ne ressemble à personne, c'est un danseur, il danse l'amour avec le soleil sur son corps noir, et je comprends que tu parles de Sail Hanangeïlé, que tu étais avec lui lorsque tu as crié pendant l'amour, mais qu'à présent c'est à moi que tu t'adresses, que donc tu ne joues plus à nous confondre, simplement tu me parles en confidence comme si tu me savais savoir, tu dis *écoute, c'était*

*l'amour aussi dans la scène, au milieu de la scène
quand il me prenait par les hanches et qu'il me soulevait, quand je serrais sa tête entre mes cuisses, que
tout vibrait par le dedans et que j'étais grande, grande,
et que Sara nous regardait comme la plus belle chose
au monde, et que je la voyais dans le noir, je voyais
bien, écoute, écoute, je voyais bien que tout était là
dans le regard de Sara.*

Dans la chambre d'à côté il y a un lit-cage dont se
devinent les barreaux blancs dans l'obscurité, tu y
restes un long temps puis tu refermes la porte avec
précaution. Tu ranges la chambre à coucher, tu en
refermes la porte. Ensuite toutes les portes de l'étage,
sans bruit, méthodiquement. Maintenant tu hésites au
sommet de l'escalier, tu voudrais encore rester, je sens
le déchirement dans ton regard, et que c'est cela ta
douleur de folle : être à ce moment-là tout entière dans
l'arrachement du premier jour, comme un instant plus
tôt être tout entière dans la joie, sans lien de l'un à
l'autre, alors tu me fais jurer qu'on reviendra, on lais-
sera tout pareil, on reviendra. Dehors, le vent est
tombé, la nuit si glaciale et si calme qu'on entend le
bruit de l'herbe foulée et les halètements du chien, il
n'y a aucune lueur de lune, simplement une très faible
clarté de réflexion qui semble soulever le ruban
d'asphalte, lorsque la route longe la plage il fait un
peu plus clair, la mer à marée basse est un pan de

ténèbres pures avec sur l'horizon deux points de scin-
tillement, tu marches d'un pas qui s'accélère en
direction des hangars d'Argilès, tu veux t'approcher
aussi près que possible de ces longues bâtisses noires,
cernées par des clôtures, à cause des aboiements tu
t'immobilises à cinquante mètres d'un alignement de
box d'où l'on entend remuer les chevaux, gémir les
sangles, les harnais, c'est une stupeur, une hébétude,
à laquelle il faut que je t'arrache, plus tard nous
sommes juste avant le petit bois d'Orvielle, tu ne veux
plus avancer, tu pleures à chaudes larmes, tu dis *c'est*
trop difficile, je n'aime pas la laisser seule, Hugo,
quand je suis loin d'elle avec eux tout autour, je ne la
sens plus, c'est vide, et même si j'appuie sur le ventre
pour la chercher, ça ne bouge plus, c'est mort, et eux
ils font un bruit dur dans la tête, et alors je n'entends
plus rien, je suis lourde partout dans le corps, et je
sais, je sais, je sais que c'est perdu.

Parce qu'ils avaient pris peur peut-être, pensant que j'allais mourir, ou en vertu d'une transaction occulte, ils m'avaient transporté vers une tente, en déposant un drap sur mon visage. Je me souviens qu'il faisait plus calme dans la tente, le chant des coqs, les aboiements semblaient s'être éloignés vers le centre du village, une odeur de lampe à pétrole avait remplacé celle de graisse animale et l'air était plus frais le soir lorsque le vent soulevait les nattes posées sur les traverses courbes. Ici ils ne m'enfonçaient plus dans la bouche cette fade indigeste pâtée de mil mais à toute heure un thé épicé, appelant la soif, quelques gouttes tétées au bec de la théière ou imbibant l'éponge qu'ils me passaient sur les lèvres. Et leurs présences à mon chevet étaient devenues plus sombres, plus inquiètes, par moments ils étaient quatre ou cinq autour de moi, silhouettes chuchoteuses, puis ils se levaient l'un après l'autre à la nuit tombante et me laissaient seul avec la femme. Je la reconnaissais à son odeur, son toucher, le vol froissé de sa jupe comme un immense papillon noir, tandis qu'ils demeuraient dans les parages de la tente au-dehors, d'où je les entendais deviser jusqu'à la nuit basse, ponctuant de *Io, Io,* chantonnés, nostalgiques, leur conversation infinie. Je me souviens qu'à plusieurs reprises la femme m'avait plaqué sur le corps une argile humide et tiède qui formait croûte en séchant et qu'elle était venue fragmenter plus tard avec de petits mouvements de doigts. Et ce furtif peau à peau, cette mélopée de gestes, ce coton humide dont elle rafraîchissait mon visage, ce bec cuivré qu'elle appuyait sur mes lèvres, sa voix dont j'entendais tout près de mon oreille le souffle tiède et amer, tout cet enveloppement de sa présence me ramenait à la sensation première de mon corps, être un corps, ne plus voler comme avant dans les salles célestes, ni voir en tout petit les villes, les peuples transhumants tout petits, les colonnes humaines à l'horizon lointain, dès l'instant où elle était là, posant de ses mains prestes des attaches fragiles, comme si elle me disait reviens, ne pars pas, mon frère, mon enfant, c'est ici que tu résides, tandis que l'eau savonneuse inondait ma jambe, que le thé sucré descendait dans ma poitrine, qu'en son absence je me sentais soudain peser sur ma couche, éprouvant d'un coup le léger et le lourd, le dehors et le dedans, être là, dedans, et chercher par le dedans à bouger la main ou tourner la tête, ouvrir les paupières et soutenir l'effort de voir, détailler le pan du tapis à losanges, le seau métallique et la bouteille octogonale de verre brun, avec la conscience peu à peu liée à ces choses : je suis dans une tente au désert, blessé ou malade, les Touaregs me soignent, une femme, je suis.

Et plus tard je pensais : la tisseuse, je pensais : c'est elle la silhouette accroupie qui tresse de longs bandeaux de palme derrière le pan de voile qu'ils ont tendu au-dessus de mon lit, c'est elle qui broie des feuilles dans un pilon et dont je reconnais la voix un peu aigre, donnant réplique à la voix des hommes au-dehors. Une nuit, elle avait écarté le voile et posé la lampe entre elle et moi, son fichu était descendu sur ses épaules comme si elle désirait que je la regarde, me faisait cadeau de son visage, la nudité de son visage, la pensive transparence de son regard. Je voulais la garder sous mes paupières, j'aurais donné jusqu'à mon dernier souffle pour ne rien perdre de ce regard tranquille, incandescent dans la lueur de la flamme. Et je sais qu'à partir de ce moment-là la douleur a reflué vers le bas du corps, elle s'est cantonnée à ma jambe droite puis peu à peu étrécie sur une zone dont d'un doigt frôlé elle reconnaissait le pourtour, et lorsque après avoir ouvert le bandage, ôté les longs éclats d'acacia qui formaient attelle elle étendait en surface l'onguent, il naissait à son toucher une infinité de fourmillements. Désormais je pouvais bouger un peu la tête, faire signe que l'on soulève un pan du voile pour que je distingue dans le jour blanc de la tente les enfants agglutinés, leurs petites têtes frisées, ahuries ou hilares, et ces haillons bleus décolorés qui leur collaient à la peau. Ils s'égayaient à l'approche d'un visiteur, lequel courbait la tête pour entrer, plongeant toute la tente dans l'ombre. Tel ce vieux à la djellaba noire et au regard farouche, qui venait psalmodier dans l'après-midi chaude, dont je voyais les doigts noueux égrener un chapelet empanaché ou parfois écrire en faisant grincer sa craie sur une ardoise d'école qu'il lavait ensuite précautionneusement, récoltant l'eau de lavage dans un petit couvercle pour qu'on me la donne à boire. La femme s'en acquittait aussitôt, je sentais sur ma langue quelques gouttes d'eau rêche, calcaire, puis le prêtre quittait la place. Moussa venait à son tour, il s'accroupissait à distance de moi, parfois croisant mon regard il bredouillait : *pardon pour mes frères, pardon.* Et quand il était reparti dans la nuit, que s'espaçaient les cris d'animaux, les dernières voix humaines ou les grésillements d'un transistor dans le silence du désert, la femme allumait la lampe-tempête, je regardais ses longs doigts noirs manœuvrer la mollette et son visage s'incendier doucement, l'obscurité commençait à nous appartenir. J'aurais alors voulu lui parler, la supplier de rester dans mon champ de regard, qu'elle me parle, qu'elle chante, qu'elle accepte de s'étendre près de moi pour apaiser la grande faim du corps, mais je demeurais dans le marmonnement de ma propre voix, enfermé dans mon propre murmure, incapable de lui donner autre chose qu'un regard transi. Il faudrait longtemps avant qu'elle se penche vers moi pour chercher un sens à mes paroles et qu'elle comprenne mon nom, qu'elle le répète, qu'elle y réponde par le sien, *Sa ha, Sa ha na,* son regard soudain vaste, son visage empourpré, des signes ou des lettres qu'elle écrirait l'un après l'autre dans ma paume, refermant ensuite mes doigts comme un secret qu'il me fallait garder. Et plus tard ce nom de *Bernard*, surnageant dans une phrase interrogative pour signifier qu'elle le connaissait, l'avait connu, ou avait connu quelqu'un qui l'avait connu, et attendait que moi aussi je confirme ma relation avec lui, mon amitié peut-être, Bernard, prononcé avec insistance, ses grands yeux cherchant au fond des miens l'assentiment, l'accord, puis sa main passant sur le haut du visage comme pour clore mes paupières, reposez-vous maintenant, ne vous fatiguez plus, paix à votre âme inquiète.

Tu ne voulais pas rentrer dans la maison, tu grelottais sur le seuil de la porte entrouverte comme si ce n'était pas chez toi. Enfin tu t'es blottie dans le fauteuil, la main agrippée au collier du chien, l'œil rivé sur la cage d'escalier, sursautant au moindre bruit, persuadée que quelqu'un était dissimulé quelque part dans l'ombre de la maison. Après plusieurs heures je n'en pouvais plus, je t'ai saisie par la main, j'ai hurlé au bord de l'escalier que j'allais te faire voir, voir avec tes yeux, j'ai dit *tu verras bien qu'il n'y a qu'une chambre vide là-haut*, tu m'as regardé avec une expression de terreur absente, et j'ai su à ce moment-là que j'irais jusqu'au bout, afin que cela soit accompli, sans retour possible, je dis, je m'entends dire tu sais bien qu'elle est morte, Maïté, ça fait deux ans qu'elle est morte, Isabelle et moi on a démonté son lit, alors cesse d'imaginer toutes ces choses, et dans le silence tu lèves la main devant ton visage, tu as un geste bizarre de protection ou de menace, tu profères à voix rauque : *parce que tu es dans le jeu, Hugo, je sais bien qu'ils t'ont mis dans le jeu, alors s'il te plaît n'essaie plus, n'essaie plus*, puis tu chancelles dans la pièce, tu t'affales contre le mur et tu gardes les mains sur tes oreilles pour ne plus m'entendre. Je reviens vers toi, je cherche à me reprendre, j'entends ma voix qui se brise : pourquoi penses-tu que je suis revenu, Alice ? Si tu ne m'avais pas écrit, si ta lettre n'avait pas été la dernière chose au monde avant ce qui s'est passé là-bas, est-ce que j'aurais jamais pu revenir ? Tu me regardes, la frayeur hésite, tout doucement je dis *moi aussi j'aurais tant aimé la prendre dans mes bras la petite Maïté*, tu romps aussitôt le contact, tu te lèves d'un bond, tu fais quelques pas raides vers la cuisine, je sens que tu vas crier, tu vas tomber, brusquement tu propulses ton bras gauche contre l'armoire vitrée, à nouveau le sang, partout le sang, mais cette fois tu n'es plus la petite fille fautive, tu te débats quand je veux te ceinturer, tu griffes et tu mords, il me faut frapper, j'ai envie de te frapper, je te frappe au visage, c'est la première fois de ma vie, ça fait du bien et ça se brise, ça fait du bien au moment où ça se brise, c'est une folle détente et comme un bruit de broiement d'os quand j'abîme ton visage, quand projetée contre le mur et soudain désarticulée tu convulses en me regardant, tu t'affaisses dos au mur, le chien piaule de terreur, une ombre a surgi derrière la fenêtre de la cuisine, c'est la grosse tête de la voisine, ses yeux collés à la vitre, je vois bouger ses lèvres, elle s'éloigne en me maudissant dans le brouillard du matin. Ton corps est incroyablement léger lorsque je le porte, tête molle et bras ballants, jusqu'au fauteuil du salon, maintenant j'ai du mal à le regarder avec la marque de mes coups, le piétinement par moi du visage, cette pommette rose, cette lèvre qui enfle, pardon, je te demande pardon, je pose une compresse humide sur ta joue, quelqu'un frappe à la porte de rue, le chien s'est redressé d'un bond, tu agrippes ma manche, nous restons là soudés, immobiles tandis que les coups résonnent à nouveau sur la porte du jardin, que les pas enfin s'éloignent. Au travers de la vitre je reconnais sur la route la silhouette du médecin, il est vêtu d'une veste de peau et inspecte une dernière fois les volets de l'étage avant de reprendre sa voiture. Dans le silence fragile qui suit tu entrouvres les yeux et tu me souris, ce n'est pas amer, ni vénéneux, ni triste, c'est fatigué, c'est tendre, tu dis *peut-être qu'il fallait la battre ainsi la folle*, il n'y a aucune ironie dans ces paroles, ton regard est là comme un couteau tranquille et tu me souris. Je me souviens quand nous étions là-haut à l'étage de la même maison, et que tu me disais tu me sauves, Hugo, je sens bien que tu me sauves, et si je te demandais de quoi, mais de quoi ? tu ne répondais pas, tu regardais par la fenêtre où ta mère ignorant notre présence travaillait au jardin avec sa bêche et ses bottes, et tout était peut-être là dans cette silhouette noire contrainte aux travaux des hommes, penchée au-dessus de la terre, lorsque tu précisais sans que je comprenne : tu me sauves du mal, Hugo, du mal où nous sommes nées.

La neige tombe en grosses écailles sombres sur le fond gris du jour, tu as baissé les paupières mais tu restes vigile, parfois le téléphone sonne en longs appels plaintifs puis le silence s'approfondit, je sens que la peur est revenue, au-dedans, au-dehors, comme une membrane fine sur les fenêtres qui s'enneigent, je dis que je vais appeler l'hôpital, nous n'en sortirons pas toi et moi, tu entrouvres les yeux et tu me regardes, c'est un regard sans vie, sans lumière, ta voix n'est plus qu'un souffle de voix, tu dis peut-être Sara, essayer, peut-être essayer une dernière fois, *Sara*.

Ils étaient cinq, dont le vieux prêtre et mon guide, accroupis ou assis au-devant de ma couche, dans une attente muette, immobile, de l'autre côté du petit brasero en fil de fer que l'un d'eux nourrissait de nouvelles braises. Puis le plus grand de tous, un géant au visage noir, chèche noir et djellaba bleu sombre, s'était exprimé de sa parole lente, caverneuse, traduite par Moussa. Il voyait ma guérison proche, il savait que j'allais guérir, Inch Allah, si le mal m'avait emporté il aurait eu pour toujours une pierre dans son cœur, parce que j'étais un ami de Bern Atirias, et que la tristesse autour de Bernard était encore très grande. Derrière les cinq hommes qui assombrissaient tout l'espace de leur présence massive, pétrifiée, je voyais les enfants attroupés dans le jour de la tente, on entendait frémir doucement l'eau de la théière et les bruits de l'après-midi semblaient lointains, clairsemés dans un autre espace sonore, tant le silence était compact. Après un long moment de pause la voix du géant avait recommencé à rouler, entrecoupée de suspens pour laisser place à la traduction. Il y avait eu, disait-il, beaucoup de propos inexacts autour de la mort de Bern Atirias, pour moi il fallait que le récit soit véridique, sans mensonges ni arrangements, afin que sa famille en France soit dépositaire de l'histoire unique et vraie, ce dont il ne pouvait être autrement parce que c'était lui-même, Ilias Aghali, qui avait relevé le corps de Bernard, et fermé ses yeux de cadavre. Cela s'était passé du côté de Ti-n-Galene, ce jour-là Bernard était descendu jusqu'à la piste avec un âne et un autre combattant pour des livraisons de tabac et de nourriture au lieudit Akanghoua, près d'un puits asséché, dans un ancien jardin encaissé entre deux montagnes. Mais quelqu'un avait trahi, le rendez-vous était un piège. Les frères avaient attendu son retour jusqu'au lende-main soir et c'était lui, Ilias, qui avait décidé de redescendre avec trois hommes. Ils se méfiaient parce qu'un piège peut servir plus d'une fois : on appâte ensuite avec les cadavres. Alors ils s'étaient postés toute la nuit autour du jardin pour être bien certains qu'ils étaient seuls. À l'aube ils s'étaient approchés, ils avaient vu les traces de la bataille : les empreintes de pneus des deux véhicules de l'armée, des taches de sang à plusieurs endroits, le cadavre de l'âne et des deux hommes, Bernard avec son chèche flottant au vent et quatorze balles dans le dos comme s'ils s'étaient acharnés sur son cadavre. L'état du corps était trop avancé pour pouvoir le porter jusqu'à la Table aux Écritures où les frères étaient enterrés, alors ils l'avaient inhumé sur place, selon les usages, et ils étaient repartis dans la montagne avec un chagrin immense. Lorsque mes forces me le permettraient, avait repris l'homme en posant la main sur sa poitrine, il pourrait me guider jusqu'au lieu de la sépulture, puis il s'était tourné vers son voisin de gauche, quinze ans à peine, la peau très claire sous les replis du chèche sombre, et le regard un peu perdu. L'adolescent lui avait tendu une carnassière en peau de chevreau que l'homme avait ouverte sous les yeux de tous, extrayant avec précaution un vieux portefeuille vide, une pièce d'identité dont la photo avait été décollée, plusieurs coupures de cent francs français, et une liasse de cartes postales toutes d'Agadez et de In Gall où son écriture courait sans marge, adressée, je le vis plus tard, à son fils Nico. Tous ces objets étaient disposés en silence à côté du petit brasero à l'instant où me revenaient en mémoire, avec une soudaine netteté, les effets que Claire Atirias m'avait confiés : la monture de lunettes en gros plastique marron et le permis de conduire maculé de sang, tous deux déposés sur les bureaux du préfet et du commandant de gendarmerie, tandis que s'affermissait l'indécise conscience du temps, que je distinguais dans le fond de la nuit cette pâle lumière

157

d'Agadez, et plus vaguement encore : Niamey. Ilias Aghali avait fait un signe à l'adolescent et celui-ci avait soulevé le bas de son chèche pour mettre à nu une petite chaîne d'or qu'il portait au cou, il avait détaché le fermoir et déposé la chaîne parmi les autres objets. Longtemps, j'ai gardé en mémoire ce visage à la peau claire et imberbe, pensant qu'il était lui aussi un fils de Bern Atirias, son jeune visage se superpose à celui de Nico que je n'ai jamais vu, pour moi l'un est l'autre, l'un est comme l'autre, ils sont frères depuis ce jour, séparés par des milliers de kilomètres de désert et d'inconnaissance. Une fois la chaîne d'or déposée sur le sable, la cérémonie parut close, on s'activa pour le thé, on tint à me faire boire une gorgée du breuvage brûlant, puis ils se tournèrent les uns vers les autres en devisant à mi-voix dans leur langue, je les voyais se passer nonchalamment les petits verres et je les entendais rire. Ensuite j'ai sombré dans le sommeil et quand je me suis réveillé dans la nuit il faisait un peu froid, un homme toussait à l'extérieur, la femme était seule devant la lampe-tempête de l'autre côté du voile translucide qu'on avait retendu au-dessus de moi. Elle n'osait s'approcher, elle me regardait à distance, comme si après l'amour absolu de la nuit précédente, ce dont nul, sauf Dieu, n'avait été témoin, après cette folle, transgressive, liturgie de l'amour, les cinq hommes ayant rétabli l'ordre des choses et les lignes de partage, j'étais désormais redevenu intouchable.

Alarmée, Sara, murmurant qu'elle attendait ton appel depuis plusieurs semaines. Nous étions sur le seuil de la maison, la neige tombait à gros flocons dans la nuit montante. Lorsqu'elle est entrée j'ai vu ton regard absent, dur, balayer brièvement son visage puis l'ignorer, l'effacer aussitôt, elle a prononcé quelques mots avant de s'agenouiller à côté du fauteuil, sa tête proche de la tienne, et de se mettre à te parler à voix basse, comme si vous vous étiez disputées la veille et qu'il fallait dissiper d'abord une espèce de malentendu. Je suis allé dans la cuisine où les bruits familiers, le tic-tac du réveil, le chuintement de la bouilloire m'empêchaient de tendre l'oreille. Plus tard j'ai cru percevoir ta voix mêlée à celle plus grave de Sara, saisie avec celle-ci dans la même controverse et comme émaillée d'objurgations bizarres, peut-être de sanglots, dans l'entrebâillement de la porte je vous ai aperçues debout, enlacées l'une à l'autre, dans un corps à corps plus qu'une étreinte, mais je doute de cette vision, je ne sais si j'ai rêvé cette espèce de lutte où je n'aurais pu distinguer qui s'agrippait à qui, qui forçait l'enlacement, les deux peut-être, toi prenant appui sur elle et cherchant au même instant à te libérer. Puis il y eut un cri, un bruit de vaisselle renversée et la porte d'entrée a claqué. Sara était seule dans la pièce, fébrile et très pâle, répétant c'est comme avant, c'est la même chose, c'est *presque* la même chose, par moments nous sommes ensemble et l'instant d'après c'est une étrangère, parfois je pense que c'est un jeu, c'est un jeu peut-être, on dirait que c'est un jeu. Nous sommes restés à t'attendre, je crois que nous avions besoin d'être là l'un pour l'autre, même si nous n'arrivions pas à nous parler. Vers huit heures du soir, alors que nous étions attablés dans la cuisine tu es réapparue derrière la fenêtre, tu étais trempée par la neige, le regard dirigé vers Sara, comme si tu n'osais pas entrer, que tu attendais un signe d'elle pour pouvoir te joindre à nous. Et en prenant place à notre table tu m'as dit tout bas, très vite : *elle dort, je suis allée la voir et elle dort,* Sara a posé la main sur ton bras puis elle a effleuré ta joue avec le dos des doigts, tu t'es laissé faire, il me semblait que tu étais plus calme, soulagée d'être revenue parmi nous. Par la suite Sara a laissé entendre que vous commenceriez le lendemain, je ne comprenais pas de quoi il s'agissait, elle m'a demandé si je pourrais te conduire à l'atelier de danse dans l'après-midi, tu ne disais rien, tu la fixais avec une insistance sombre.

Après son départ tu t'es retranchée dans la salle de bains, blottie tout habillée au bas de la cabine de douche, avec un filet d'eau chaude qui dégoulinait sur toi. J'ai dû te dévêtir, t'essuyer le corps, tu te laissais faire avec une infinie docilité, entre tes jambes le sang coulait d'abondance, c'était effrayant comme il coulait, et tu regardais ce sang comme une jeune fille stupéfiée, cette excrétion rouge, gluante qui traverse les soies, les satins, les serviettes-éponges, et projette des saletés au-devant des yeux. Nue, avec ces traînées de sang sur tes cuisses, tu m'as répété *je ne l'ai pas tuée, Hugo, je ne l'ai pas tuée,* et je n'ai pas compris tout de suite la portée de cette parole, je n'ai pas saisi qu'il devait s'être passé quelque chose pour que tu la nommes morte et prononces ainsi le regard vague : *je ne l'ai pas tuée.* La phrase m'est revenue dans la nuit alors que pour la première fois tu avais souhaité me suivre jusqu'à ma chambre et que j'entendais tout près de moi ton souffle dont la régularité trahissait le sommeil. J'ai pensé que quelque chose en toi venait de se rendre, tu t'étais laissé faire comme une enfant, tu t'étais endormie à côté de moi, tu avais cessé de combattre. Un souvenir a surgi à ce moment-là, un souvenir vieux d'exactement seize ans, peut-être quelques mots qui ressemblaient à ces mots que tu venais de dire, mais qui n'étaient pas ces mots, et ce jour-là tu n'étais pas nue comme aujourd'hui, tu n'avais pas les jambes ensanglantées, la couverture blanche du lit d'hôpital te couvrait jusqu'à la poitrine et tu regardais par la fenêtre sans parler, sur la table de la chambre il y avait un plan de Lisbonne où nous allions partir la semaine suivante mais ce voyage était devenu sans importance, d'heure en heure le ciel se faisait plus blanc, l'attente plus compacte, parfois une infirmière entrait vérifier le goutte-à-goutte de la perfusion, le jeune médecin venu inspecter le vagin et palper le bas-ventre disait c'est bien, le curetage s'est bien passé, simplement vous avez perdu beaucoup de sang, et autour de ces paroles rassurantes, autour de la couverture qu'il venait de reposer, le silence recommençait à dévorer l'attente, mais l'attente de rien, le temps qui passe pour passer, dessèche les peaux mortes et suture les plaies. Alors, au soir de ce jour, tu avais eu ces mots tandis que je serrais tes mains entre les miennes parce que tu grelottais : *est-ce qu'on n'aurait pas dû le garder, Hugo ?* Puis tu avais sangloté en silence et nous n'en avions plus jamais parlé. Le lendemain j'avais tracé des cercles rouges sur le plan de Lisbonne, autour de la *rua de São Mamede* où était réservée la chambre dans le quartier d'Alfama, et le *Castelo São Jorge*, et la *Feira da Ladra*, et l'*Igreja São Vicente*.

La neige avait cessé de tomber, c'était un encercle-
ment blanc qui infiltrait d'une clarté vive le chaos de
la maison. Tu t'étais habillée, toute la matinée tu t'étais
mise à ranger avec moi, compulsivement, comme s'il
fallait à tout prix effacer les traces du désordre, col-
mater les vitres brisées, refermer les tiroirs, retrouver
la juste place des choses. Ton regard semblait apaisé
mais mort, parfois tu t'interrompais dans ta tâche, mar-
monnant tout bas quelque chose, et je sentais comme
était fragile ta détermination. En début d'après-midi
nous avons pris la voiture par les chemins enneigés, tu
n'as pas dit un mot de toute la route, tes yeux éblouis
par l'infinie blancheur, le nappé des paysages puis la
lente arrivée parmi les encaissements de la ville, la
neige qui devenait sale et bourbeuse, tandis que nous
glissions lentement le long des quais, des entrepôts
numérotés et des empilements de conteneurs. Sara

nous attendait au pied de son immeuble, elle a voulu se pencher vers toi pour t'embrasser mais tu n'as pas répondu à son salut, tu es montée la première dans l'escalier, seule et raide, aimantée par la salle de danse du troisième étage. Là, dans ce vaste loft au plancher sonore et aux fenêtres ogivales dont les traverses disparaissaient sous la clarté trop blanche, tu es restée longtemps à errer du regard comme si ce lieu ne ressemblait à rien, n'était d'aucune mémoire, puis tu t'es engouffrée dans le petit vestiaire pour ôter tes bottes, ton manteau et réapparaître en collant et boléro noir. Sara t'a prise par la main et vous avez marché de long en large pendant un temps qui m'a semblé très long, puis elle t'a laissée seule et tu as continué à évoluer dans l'espace, d'un pas automatique, hésitant parfois, changeant soudain de direction comme si tu rencontrais un mur invisible, la musique alors a envahi la salle, un rythme alternativement clair et sombre sur lequel une voix de femme poursuivait sans fin son inflexion chantée, à l'évidence tu as dû reconnaître cette musique car tu t'es immobilisée, saisie par surprise, tu t'es retournée vers la porte du vestiaire, il s'est passé quelques secondes puis tu es tombée d'un coup, ta tête contre le plancher. Sara n'a pas eu un geste, elle est demeurée sans réaction face à ton corps inanimé tandis que la voix enflait dans l'espace désert et que j'étais moi aussi incapable du moindre mouvement, cloué par ma propre impuissance. Et quand après de longues minutes j'ai vu trembler tes jambes, j'ai cru à une crise avec bave sur les lèvres et rictus au visage, mais c'était tout autre chose, le réveil, la réminiscence d'une ancienne figure, dépliant ton corps autour de la faille de ton ventre, dans une ouverture lente, reptatoire, difficultueuse, comme si tu t'arrachais à la boue du monde, arrachais ton corps de l'attraction des choses basses, terreuses, tandis que l'on voyait luire la sueur sur ton visage aux yeux presque clos, apparemment impassible, Sara s'est approchée après un temps, elle a paru mimer ton mouvement, lui donner une réplique jumelle, animale, pour peu à peu l'éteindre, t'invitant à te détendre comme elle, relâcher la tension, demeurer couchée à distance et laisser ta respiration peu à peu s'approfondir. La musique s'est enfin tue, tu regardais Sara, je t'entendais répéter *Sail, Sail,* et Sara chuchoter quelque chose que je ne pouvais pas comprendre. Assez soudainement tu t'es relevée, tu t'es dirigée vers l'encoignure du vestiaire et là, prise d'une impulsion soudaine, tu as dressé ton bras comme pour le projeter vers le mur quand la voix de Sara a claqué, impérative : *c'est très bien, Alice, rhabille-toi maintenant, c'est très bien.* Ton geste s'est arrêté net. Tu es restée un temps à vaciller dans l'espace puis tu es allée te rhabiller en silence. Sara avait le regard dur, elle a simplement dit qu'elle t'attendait le lendemain. Dans la voiture je te sentais en proie à une agitation mal contenue, tu fixais les lumières de la route et tu pleurais par à-coups.

Trois jours de suite, nous sommes retournés à l'atelier. De ces tentatives, cette succession tâtonnante de figures dansées, je n'ai pu voir apparaître que lentement le motif ou l'image. Tu marches, tu t'ouvres, tu enjambes l'air, ton vol se brise, tu tournoies et te cognes, tu chancelles au bord de la chute, tu es un haillon informe, un pantin qui se démembre, rien, plus rien ne te tient ou ne te dresse que de vagues tressautements, tu roules en tombant, tu te relèves, tu fais quelques pas, tu te laisses à nouveau tomber, à plat, sans égard pour ton corps, tu te relèves encore, tu es une bête poursuivie par la meute, un oiseau que ses ailes encombrent, un spectre qui se désarticule, mais dans cette interminable fin de course je vois, je crois voir apparaître une autre scène, comme si tu retrouvais à tâtons dans la mémoire du corps la part femme d'un dialogue dont manque aujourd'hui le partenaire, et je le vois, *Sail Hanangeïlé,* t'attirer par son absence, te ceindre, te soulever, à l'endroit où aujourd'hui tes jambes ne te portent plus, tu as perdu ton axe, ton amour, tu tombes, indéfiniment tu tombes. Et Sara finit par s'approcher sur l'espace de danse, elle guette ton épuisement, attend accroupie d'entrer dans ton cercle, puis vient présenter son corps là où existait le sien, faire naître une hésitation de lui et d'elle, chercher le contact avec la fatiguée de toi, la fourbue, l'exténuée de toi, allongée sur le plancher Sara vient consoler la place entre vous vacante, caresser l'air avec sa main ductile, tandis que tu cèdes à son envoûtement, vous êtes des petites filles qui jouent au sol et font des lianes, des conspirations. Plus tard, alors qu'elle t'a laissée de nouveau seule, tu as ce geste de toucher ton ventre, comme pour t'essuyer le bout des doigts sales, tu appuies avec ta paume sur ton ventre, tu ouvres obscènement les jambes, tu te racles le haut du pubis et c'est pire que chez les Sengui, c'est insupportable à regarder, parce qu'une autre image s'impose, celle où tu accouches d'un résidu d'enfant, tu mets la mort au monde, tu inscris dans ta chair de ta main rauque, râpeuse, machinale ce qu'il te faudra désormais lire pour l'éternité : la mort enfant. Sara rôde autour de ce cérémonial, elle attend sur le pourtour de ton cercle que cela se passe, puis doucement elle vient chercher le contact, t'imposer mimétiquement le calme, elle te parle à voix basse, elle dit que c'était très beau, très simple, mais que maintenant il va falloir cesser, se détacher, partir, elle ajoute que ce qui est posé est posé, rien n'est perdu, elle aimerait te voir mieux détacher ton geste la prochaine fois. Et tu la regardes effarée, tu ne comprends pas, tu te lèves parce qu'elle te prend par la main, tu te rhabilles comme une automate, tu rentres avec moi vers la part sombre du jour. Dans la voiture tu ne dis rien, à la maison tu te couches, toutes tes pensées semblent requises par le seul moment de la danse, ce point de clarté obstinée, là-bas sur le plancher blond, après l'allée des conteneurs et des grues. Ta folie n'est plus apparente, tu fais ce qu'il faut faire, tu hoches la tête, oui, non, quand je t'interroge, tu dors beaucoup, il me semble que tes forces déclinent, ton corps peu à peu lâche prise. Le troisième jour tu grelottes en arrivant à l'atelier mais dès l'instant où tu es sur scène l'impulsion te reprend de courir, tomber, te relever, propulser ton corps comme une torche de chiffon contre le plancher qui sonne, puis ce rituel méthodique de l'arrachement, l'écartèlement, le tissu de ton boléro que tu déchires avec tes ongles, au point que Sara doit t'intimer de cesser, te ceinturer en douceur, vaciller avec toi dans une brève lutte, et alors, d'un coup, la fin de tout, tes forces qui te lâchent, tu te recroquevilles à même le sol, tu ne te relèves plus, tu es traversée de frissons, ta peau est brûlante, il faut t'envelopper d'une couverture. Je te porte jusqu'à la voiture et Sara m'accompagne, nous te couchons haletante de fièvre dans le lit de la chambre, tes yeux sont clos, tes lèvres exsangues, la danse a pris ce qu'il te restait de vie, le rêve de danser est passé sur ton corps, tu détournes la tête imperceptiblement lorsque je cherche à te faire boire, ta nuque s'affale, c'est fini.

Et je repense à la peur qui avait saisi Sara lorsque tu étais là-haut dans la chambre, ce reproche qu'elle s'adressait sans cesse et selon lequel elle t'avait poussée trop loin, beaucoup trop loin pour ton corps.

Je me souviens aussi qu'elle ne voulait pas quitter la maison avant l'arrivée du médecin, insistant pour que je le rappelle parce qu'il tardait. L'homme, ce géant aux bottes fourrées et au manteau couvert de neige, avait fait irruption dans la soirée, bourru et fureteur il grommelait des questions dont il ne semblait pas écouter les réponses, je le revois te pincer les joues, abaisser ta paupière inférieure, soupeser ta tête, puis brusquement, dans un geste d'impatience, ouvrir grande la couverture et demeurer en arrêt devant ton corps nu, marqué de contusions et de traces de coups sur les hanches et les jambes. En bas, il paraissait en proie à une violente indécision, marmonnait des hypothèses comme on pense à voix haute, bougonnant que l'urgence commandait de faire baisser la fièvre et de te donner à boire coûte que coûte, le lendemain il repasserait à la première heure. À peine rassurée, Sara s'était étendue dans le fauteuil pour la nuit, nous n'arrivions pas à partager autre chose que des propos utilitaires, échangés à voix basse et toujours dans l'alarme, régulièrement nous montions dans la chambre où tu demeurais sans réaction aucune, sans même un mouvement réflexe des lèvres lorsque nous tentions de te faire boire. Le lendemain, la fièvre était tombée, un liseré de gouttelettes de sueur perlait à la racine de tes cheveux mais ta respiration semblait devenue si légère, si imperceptible, que tu ressemblais à une agonisante, au teint cireux, aux plis d'amertume, à l'arête du nez saillante, seul un tracé de larmes séchées courant le long de tes joues, mais nous ne t'avions pas vue pleurer pourtant, nous n'avions assisté tout au long de la nuit qu'au lent, indifférent, creusement de ton visage. Vers midi ce jour-là, alors que je soulevais ta tête pour replacer ton coussin, il s'est produit quelque chose d'extraordinaire, j'ai vu tes paupières s'ouvrir et j'ai compris que tu me parlais, d'une voix de gorge, limpide et voilée, étrangement lointaine, sans presque aucun mouvement des lèvres, longue parole ensevelie dont je n'ai presque rien pu saisir sinon ces quelques mots : *derrière les oiseaux*, tandis que tes yeux balayaient le plafond de la chambre. Je ne sais pourquoi j'ai été tant ému par cet événement infime, peut-être voyais-tu des oiseaux dans la chambre car il neigeait à gros flocons dans le carré de fenêtre, mais l'extraordinaire pour moi n'était pas dans ce premier signe de vie, il tenait à cette voix, comme surgie du corps profond, et à l'impression de déjà vécu, déjà rêvé, sans que je puisse mettre sur cet ébranlement de mémoire autre chose que le lointain souvenir de ce qui s'était passé pour moi dans l'Aïr, le sentiment que j'entendais enfin, c'était enfin là derrière la membrane du sensible et au même instant c'était inaudible, comme dans ce vieux conte berbère où un puits noie les enfants qu'il attire à cause d'un chant enfermé, dit le conte, dans le reflet de son eau noire. Lorsque tu as reposé la tête, il m'a semblé te voir sourire, d'un sourire qui pacifiait enfin ton visage, conférait soudain à tes traits une beauté close, tranquille. Et dans l'après-midi tu n'as plus refusé de boire, tu as même bu jusqu'à t'étrangler, quittant peu à peu cette immobilité mortuaire pour te recroqueviller sur le côté dans la position d'endormie que je t'ai toujours connue. Je sentais Sara soulagée, gagnée par une familiarité et même une joie sauvage. Le soir de ce jour, alors que nous étions attablés dans la cuisine, elle m'a parlé de l'amour qu'elle aussi avait longtemps éprouvé pour Sail Hanangeïlé, ce soir-là nous aurions pu tout nous dire comme au soir de nos vies, la parole était sans entrave et la lumière de l'abat-jour nous enveloppait l'un et l'autre de sa chaleur douce. De toute façon, me dit-elle, Sail ne voulait pas rester, aujourd'hui il a été reconduit par la force dans son pays, et je crois qu'il n'a pas opposé de résistance, *il ne voulait pas rester*. Alors elle s'est mise à pleurer doucement, elle s'est laissée pleurer plutôt, les larmes glissant sur ses joues sans la moindre crispation de son visage. Je n'ai pas voulu l'interroger sur cet homme que vous aviez aimé l'une et l'autre, tout était dit de ce qui vous liait dans ces larmes silencieuses. Un bruit sourd à l'étage a fait brusquement se dresser le dogue, mais ce n'était rien, toi surprise par un rêve sans doute et prenant une respiration ample avant de replonger dans le sommeil.

La mort ainsi passa comme un lent linceul blanc. Lorsque tu as recommencé à te redresser sur tes coussins, boire puis manger un peu, répondre par petites phrases essoufflées, demander que l'on laisse ouvertes les tentures pour que le paysage entre dans la pièce, tu étais redevenue une malade de corps, amaigrie et pâle, une simple convalescente que les forces regagnent, qui prend les remèdes qu'on lui donne, s'assied sur son lit, lutte contre le vertige et réapprend à marcher. Jamais tu n'as pu parler de ce qui s'était passé pour toi pendant les séances à l'atelier de Sara et les deux jours de coma vigile. C'était comme une période arasée de souvenirs, et qui recouvrirait désormais ces autres jours d'affolement et d'errance après le réveillon des Sengui. À partir de ce moment-là, je n'ai plus vu la lueur de folie dans tes yeux, la lueur était morte, ou plutôt excavée par la mort, envahie par une partie de toi morte, ainsi cette main gauche qui ballait désormais inutile et que tu ganterais de noir comme aux premiers moments de Malherbes. Après ce qu'on appellerait *ta rechute* je retrouverais peu à peu la petite fille timide au regard velouté de tristesse et dont le sourire contrarié me fendait jadis le cœur. Tu renouerais avec tes habitudes de coquetterie sage, tes robes à col blanc, tes manies de ranger les placards, les tiroirs, les boîtes avec les boîtes (les coquilles, les cailloux, les bogues), les livres par ordre alphabétique, tu t'absorberais comme autrefois à d'infinies besognes méthodiques, tu recommencerais, au crayon puis à l'encre, à recomposer minutieusement tes planches naturalistes. Quand la neige ne serait plus qu'un souvenir, février viendrait avec ses redoux, ses tempêtes, les premières audaces d'un printemps qui détrempait les prairies et faisait grossir les bourgeons comme des gousses impures, près d'éclater. Je logeais toujours dans l'ancienne chambre de ta mère, tu venais m'y rejoindre certains soirs, tu aimais t'endormir dans le creux de mon épaule puis tu repartais au milieu de la nuit. Ainsi me signi-fiais-tu sans doute la place que j'avais prise pour toi, celle d'être là, non loin de ton sommeil, d'habiter ta maison, d'abolir par ma seule présence la pensée de l'ombre. Et maints autres gestes muets, tout un réseau de rites et de signes, une pression de ta main, un silence entendu, un mot d'évidence, cherchaient à me garder auprès de toi dans cette fragile permanence du couple, même si tu semblais vivre si souvent dans l'obnubilation tranquille de ton monde et ne manifestais rien lorsque j'évoquais à plusieurs reprises la perspective d'un départ. De notre passé commun nous ne parlions pas, du moins à la manière des souvenirs, le passé remontait par bribes, par hasard, se fondait d'un coup dans le temps présent comme on glisse malgré soi vers le tracé d'une promenade oubliée, et l'on se laisse guider par la marche, et c'est peut-être comme avant, et rien ou presque n'a changé. Plusieurs fois nous sommes retournés à Saint-Paul, tu as tenu à m'accompagner quelques jours seulement après ton alitement, je te revois emmitouflée d'un manteau et de deux écharpes, anxieuse de franchir le seuil d'entrée puis arpentant d'un pas craintif ces pièces désertes et glaciales où nos voix résonnaient comme dans des salles de château. Non, tu ne paraissais rien y reconnaître, ni passé ni futur n'existaient en ces lieux, aucune imagination, aucun projet n'aurait pu meubler ces espaces ou les rendre habitables, et tu n'avais eu qu'un regard distrait sur l'empilement sombre des meubles derrière la porte du garage. Si cette mémoire-là semblait à jamais détachée de toi, je sais qu'à Coatmeur par exemple tu évoquais toujours un souvenir que j'ai oublié : ce vieux cargo à l'ancre dont nous cherchions sans fin à réinventer l'histoire et qui allumait à la nuit un lumignon sur son pont rouillé, présence incertaine d'un veilleur (ces feux, toujours ces feux dans l'obscurité, ces torches, ces falots, ces phares qui absorbaient ton regard et te faisaient dire *ils sont dans les maisons maintenant, les hommes avec les femmes, ils ont allumé les télévisions, ils se préparent pour aller dormir*). Régulièrement et dans une connivence toujours vive, tu prenais plaisir à me faire parler de la femme touarègue, elle arrivait sur tes lèvres dans une attention tendre et curieuse, avant l'amour le plus souvent, les soirs où tu venais te coucher dans mon lit, lavée et parfumée. Je n'ai jamais tout à fait percé le sens de ce rite qui ne procédait pas seulement d'un jeu ou d'un code amoureux, il m'a semblé qu'il te plaisait d'être elle en fermant les yeux, puis je me suis fait à ce glissement, je vous ai rêvées ensemble, emmêlées, tu apparaissais au lieu de son absence et c'est là sans doute que tu me tenais.

Sara et toi vous vous étiez retrouvées, je sais. Elle venait te voir tous les deux ou trois jours, vous partiez en promenade, vous vous teniez par le bras lorsqu'il faisait grand vent, je vous apercevais au bas du village, le long de l'estuaire ou sur le chemin de pavés qui longe le cimetière, là où auparavant tu ne voulais jamais aller. Peut-être nourrissait-elle le dessein de s'approcher avec toi de la petite tombe où une main anonyme venait parfois renouveler des fleurs sous l'inscription *Maïté Sail Almeida*. De ces longues promenades, de vos retours plutôt silencieux vers la maison, je garde surtout le souvenir du visage de Sara, souvent assombri par un regret ou une tristesse. Un jour, un de ces jours de printemps allègre où le vent du sud affole les branchages, alors que tu étais dehors avec le chien, je l'entends me murmurer doucement que tout est encore si fragile, comme après un saccage, *si fragile*, mais la confidence en était restée là. Il n'est pas hasardeux que je rapproche cette relation avec Sara de celle avec ta mère, deux êtres pourtant que tout séparait. Sara et toi vous parliez souvent tout bas en ma présence et j'étais renvoyé à la sensation d'étrangeté que j'éprouvais jadis lorsque ta mère et toi proférez dans votre langue quelques mots rêches de paix ou de guerre. Et peut-être le mal au commencement était-il là, dans ce lien farouche qu'entretenait avec toi ta vieille mère dévote, cet accolement de vos êtres qui reporté sur ton enfant te ferait douter à jamais de la présence et de l'absence, je me souviens que tu te cachais d'elle, même quand tu la savais loin, tu devais parfois la maudire mais jamais une parole n'aurait filtré de votre détestation, la passion que tu éprouvais envers elle était physique, inavouable, vous aviez vécu ensemble dans l'abandon du père et tous les mots échouaient à dire ce malheur en partage.

Pendant ces jours de février nous eûmes à deux ou trois reprises la visite d'Isabelle Sengui. Avec elle tu fus souriante, réservée, parfaite, comme si tu avais réappris à concéder aux apparences sociales. Isabelle semblait heureuse de ce qu'elle appelait ta transformation mais elle ne me prit pas en aparté pour s'assurer de celle-ci, peut-être n'en demandait-elle pas davantage ou jugeait-elle qu'il fût trop tôt. J'ai souvent repensé à ces jours de novembre où nous avions été presque intimes, mais novembre était loin déjà, de l'autre côté de ce nouvel an funeste, et peut-être estimait-elle m'en avoir trop dit à propos de son mari, désormais je n'avais plus droit qu'à la réticence aimable de notre toute première rencontre. Début mars, j'ai le souvenir ému d'une petite fille blonde au beau nom d'Épiphanie et qui était entrée par la porte de derrière pour t'apporter des œufs frais. Tu l'avais regardée, tu avais semblé mettre un temps à la reconnaître puis vous vous étiez embrassées, j'imagine, comme autrefois. Ce jour-là j'ai acquis la conviction que tu étais revenue dans le temps du monde. Mais on ne revient pas, je sais, on ne peut jamais tout à fait revenir. Et lorsque je te surprenais dans ce qu'il fallait bien appeler la chambre de Maïté, je te voyais encore saisie de stupeur, détaillant, laissant s'imprimer en toi, les rares objets de la chambre comme si rien ne correspondait à rien, que rien de tout cela n'entrât dans l'espace du pensable, ni ce lit blanc démonté, ni cette armoire vide aux motifs d'animaux peints, ni ce linoléum à pastilles bleu ciel et qui se craquelait en lignes à cause des irrégularités du plancher. Mais tu acceptais dorénavant que je te prenne par la main pour t'emmener ailleurs, refermer la porte basse, chasser le sortilège. Et la vie recommençait avec sa part obscure, ces lieux que tu ne visiterais plus, ces mots que tu ne prononcerais plus, ces compartiments désertés, ces seuils infranchissables. Un jour pourtant, relevant la tête de ton dessin, tu avais commencé une phrase puis tu m'avais demandé *elle pense cela, tu crois que c'est ce qu'elle pense ?* Un autre jour tu étais venue vers moi, murmurant tout bas : *mets ta main sur mon ventre, Hugo, je ne la sens plus.* Et je sais que c'était à moi seul que tu pouvais le dire. Et derrière ce constat, je devinais bien plus que le regret de celle qui devient infidèle à son souvenir, elle ne sent plus l'enfant non parce qu'il est mort, mais parce qu'il s'éloigne, il vit ailleurs, il n'élit plus son corps comme lieu de visitation. Ainsi me fallait-il comprendre que ce n'était pas fini, tu t'appuyais là-bas sur ta part morte comme l'arbre du jardin était arbre par ses branches décharnées et sa moitié vivante, métaphore obsédante à mesure qu'éclataient les bourgeons. De cette présence indécise tu t'ouvrais incidemment, cherchant par-devers moi celui qui pouvait l'accueillir, ne te renverrait pas aussitôt des arguments raisonnables. Les arguments et la raison n'auraient d'ailleurs rencontré qu'un faux air de surprise : de quoi parles-tu, Hugo ? Non ce n'est pas cela que j'ai voulu dire. Et lorsque j'essayais de reparler de ce qui s'était passé en janvier, tu esquivais, tu faisais mine de ne pas comprendre, tu rompais le contact, comme si ce n'avait pas été toi, que tu ne pusses rendre compte de cette autre de toi, aujourd'hui oubliée. Écrire, me proposa un jour Sara, écrivez tout, absolument tout depuis votre arrivée, écrivez pour vous et pour elle, vous qui aimez écrire, me dit Sara, donnez-lui ce texte et qu'elle le lise en silence.

Longtemps j'ai été poursuivi par cette main ballante et ce gant noir qui intriguait tant les visiteurs. J'ai pensé à l'infanticide, j'ai vu sous la tête du petit lit l'image du coussin que pressait ta main gauche à l'instant où la faille te traversait de part en part. Un jour, je t'ai posé brutalement la question et tu m'as regardé avec épouvante, tu as bredouillé : *mais comment peux-tu penser cela, Hugo ?* C'était la même stupeur, la même innocence que le jour où je t'avais frappée au visage. J'ai senti monter les larmes, et toi tu cherchais encore à comprendre pourquoi j'avais pu penser une telle chose, et pourquoi je pleurais. Ces larmes étaient très anciennes, nous n'avions pas pleuré à Lisbonne sur notre promesse morte d'enfant. Après cette manière d'explication il me semble que je ne t'ai plus vue de la même façon, c'est comme si tu étais venue te glisser dans l'ombre près de moi, non plus celle dont j'essayais de percer le visage mais celle qui avait pris place à mes côtés, marchait désormais en ma compagnie. Et si je te surprenais encore à sourire pour toi seule, ou fixer au loin les lumières de la route, ou demeurer en arrêt dans le temps qui tremble, je ne t'appellerais plus pour t'inviter à te ressaisir, là-bas était aussi l'horizon du regard et j'avais connu comme toi l'éloignement du monde.

À cause du vent chaud qui harcèle depuis la fin du jour elle a refermé l'ouverture en cuir de la tente, posé des pierres sur le sol, puis elle s'est approchée dans l'obscurité, accroupie à ma tête, je sens ses mains qui longent mon visage puis brusquement son pouce qui m'entre dans la bouche et appuie contre mon palais, répand un goût de métal glacé, une saveur acide, puis elle approche son visage, ses cheveux dénoués tombent, elle presse ses narines contre les miennes, par à-coups inspire et expire comme pour me donner, me prendre le souffle. Ils sont dans la maison maintenant, tu entends leur piétinement d'hommes dans l'escalier, puis tu aperçois cachée par leur corps la petite boîte moulurée blanche qu'ils tiennent par le bas comme une caisse à livres, à oranges, et tu détournes aussitôt les yeux vers le jour de la porte où les chromes du corbillard luisent dans le soleil, comme c'est étrange, la collègue de ton école qui s'appelle Célia serre tes mains dans les siennes, répète qu'elle restera ici avec toi pendant la cérémonie, que le médecin préfère, malgré tout ton courage, puis dans la maison qui s'est brusquement vidée, tandis qu'on entend sonner à toute volée les cloches de l'église, face à cette collègue que tu n'as jamais aimée, qui te demande en reniflant ses larmes *si tu connais une prière, même une seule prière,* à ce moment-là tu comprends tout, l'immense mensonge, déjà depuis trois jours lorsqu'ils parlaient à voix basse, qu'ils tenaient conciliabule sur le seuil d'entrée puis poussaient la porte sans sonner, tu comprends qu'ils se sont donné le mot pour cette fête funèbre, cette espèce de mascarade avec des hommes en noir, afin de t'enlever ta petite, l'emmener très loin, où ils veulent, où ils savent, où ils ne te diront pas, et au soir de ce jour, quand ils sont tous partis, que tu te retrouves seule dans la maison silencieuse, inondée de lis blancs, de roses, d'orchidées blanches, tu montes jusqu'à la chambre mais tu n'ouvres pas la porte, tu vois l'éclat doré de la poignée et tu sais, d'absolue certitude, qu'elle vit, tu la sais aussi vivante que quand elle dormait sur ton ventre ou tirait à pleines goulées le lait de ton sein, tu regardes les lumières par la fenêtre et ce sont comme des étoiles couchées sur la terre, des feux pour dire sa présence. *Mais qu'est-ce qui arrive, qu'est-ce qui arrive à mon corps*, on dirait que je suis devenu tout petit sous elle, maintenant que dans ce partage du souffle elle émet de petits sons

182

imperceptibles, comme des geignements, de légères pointes de désir. Ces feux, ces nappes lumineuses qui tremblent parmi les maisons noires, à l'instant où tu sais que tu devras tout perdre, tout quitter pour la rejoindre, tromper leur vigilance et chercher sans relâche, car ils la changeront sans cesse d'endroit, comme avec Sail, oui, Sail, quand ils te renvoyaient d'un appartement à l'autre, quand le logeur prétendait ne pas le connaître, alors qu'on voyait encore sous la sonnette le petit bout d'étiquette avec *Sail Hanangeïlé*, car ils mentent tous, ils font masse pour mentir, même Sara ment quand elle te serre contre elle, Sara est jalouse de ta petite enfant de Sail, qu'elle aurait voulue dans son ventre tout sec. *Mais qu'est-ce qui arrive à mon corps, tout petit contre ses cuisses sous le chaud de son souffle ?* Et maintenant tu marches à tâtons vers elle, tu entends sa voix, vagissante quand tu presses ton oreille contre une vitre, tu saisis les messages qu'elle te laisse, une sonnerie dans une maison vide, quelqu'un qui hâte le pas, se retourne, une inscription : *Sail,* ou bien : *je suis là*, un rai de lumière, un ange qui te regarde à la gare et qui te trouve belle mais ne cherche pas à mettre la main sur toi comme les autres, indique seulement la lumière du portail, là où tu sais qu'elle t'appelle, derrière les mille barrages qu'ils cherchent à dresser, parce qu'elle est bien plus forte que leur conspiration, astre dispersé en poussières d'astre, petit corps sublime, resplendissant, pur, et qui capte leurs paroles, leurs pensées, dans son sommeil froissé, dans la toute éternité de son royaume, et depuis que tu as compris cela tu les vois empêtrés dans le poids des matières, ils traînent leur ventre lourd et leur sexe tombant, ils s'accolent et se crucifient aux vitres, ils roulent en longs convois fumants sur la voie rapide, et même dans ton pays d'Orvielle ou d'Andas tu les vois au loin voûtés sur les chemins, reclus dans les maisons, cernés dans les embrasures. Elle s'est levée, j'entends le crissement de sa robe dans l'obscurité puis elle revient s'étendre sur le sol, j'entends sa respiration, je lis l'empreinte de son corps contre le mien mais sans qu'elle me touche, je lis son visage en regard de mon visage, son sexe en regard de mon sexe, mais sans qu'ils se touchent, elle me parle tout bas, non plus ces geigne-ments comme un instant plus tôt, mais un récit comme un psaume, un conte, ce qu'ils racontent à voix basse, les gens de sa race, quand ils scrutent le ciel autour des feux mourants, un conte du recommencement du monde. Anga court maintenant avec toi sur le front de mer, d'une plage déserte à l'autre, et maintenant tu peux supporter pendant des heures la blessure du soleil bas, à présent que tu couches partout, dans les grottes de la falaise, sur le linoléum moisi des sols de caravane, ou dans les vastes chambres des résidences secondaires, là où tu sais qu'elle vient dormir parfois, là où posant ta main ouverte sur les planchers et les murs tu aimes la surprendre en son sommeil, en sa splendeur, sa munifi-cence. Comme un conte du recommencement de mon corps, un conte à voix chuchotée, l'histoire des monstres géants, Yajouj et Majouj, qui dévorent la montagne avec leurs dents immenses, et la montagne renaît toutes les nuits, et mon corps est cette montagne, dit-elle, son visage en regard de mon visage, son sexe en regard de mon sexe, à moins qu'elle ne me parle d'elle à présent, l'histoire de sa vie peut-être, ce que c'est d'être une femme stérile, répudiée parce que stérile, et qui réenfante les malades, les agonisants, parfois le vent siffle au-dehors de la tente et il me semble qu'elle tressaille, c'est un frôlement de sa peau nue à la mienne, la tendresse urticante du vent. Quel ravissement, quelle lumière mais quelle lumière quand tu entres dans la bibliothèque de la villa Gotthammer, et que tu entends la clameur, ce nappé de voix assourdies, que tu ouvres un livre au hasard et craintivement t'abandonnes à la phrase, *puisque j'ai appelé et que vous avez refusé, puisque j'ai étendu la main sans que nul n'y prenne garde,* pensant que le lieu est propice, la nuit propice, qu'il faut un autel garni de fleurs de feu pour faire cérémonie à l'enfant, et, lorsque la mer de voix emplit la bibliothèque et fait vibrer à la lueur des flammes les fils d'or des reliures, alors la joie est partout, tu peux courir, étendre les bras jusqu'à l'horizon, sentir dans tes membres l'allégresse du monde, et si une branche t'arrête dans ta course, si tu as la main pleine de sang noir, il n'y a pas de douleur, il n'y a qu'un grand désir d'arbre, enserrer le tronc de l'arbre pour que son écorce s'imprime sur ta peau, murmure la sève obscure de la terre, et alors tu sais, tu sais qu'elle est pour toujours sous sa protection nocturne, et tu regardes les cimes noires qui se découpent sur le ciel de la nuit, lentement se ploient, séparent le territoire des vivants et des morts, les lieux où rôdent les ombres et les lieux où règne ton enfant en gloire dans le bruissant silence des résidences, ou dans les grottes de la falaise quand la mer enveloppe ton corps du manteau glacé de sa rumeur. Femme touarègue, je n'ai connu que ta voix, jamais ta parole, je n'ai connu que ton ombre couvrant toutes les ombres, je n'ai connu que le bref ensoleillement de ton visage. Être accroupie dans le fond de la grotte avec la mer qui gronde, éprouver dans le gouffre le grand tremblement, comme dans le hangar aux chevaux, lorsque tu pénètres de nuit dans l'immense habitacle, marches sur le sable mou de la piste, déverrouilles la porte du dernier box, te blottis tout au fond dans la paille chaude, attendant que les aboiements se calment, et que la bête à la splendide encolure, la bête aux naseaux fumants, la bête femelle aux flancs lourds cesse au-dessus de toi de remuer ses sangles, et alors tu sens le bas de ton ventre s'ouvrir, se déchirer lentement de la naissance de ton enfant Dieu, tu sens la vague qui la hale, la hisse jusqu'au plus clair de l'obscur, et tu ris au-dessus du monde, tu ris d'allégresse, et tu sais, tu sais, tu sais qu'ils ne pourront rien contre elle, ils ne pourront rien.

J'avais trop longtemps différé le voyage. Le train filait vers le sud et sous le ciel rincé par la nuit humide les lisières dentelaient des ombres presque bleues, parfois un feu solitaire palpitait au bord d'une route comme un dernier signe à l'hiver trop long. Claire Atirias habitait un appartement luxueux au bord d'un lac de montagne, elle m'attendait avec inquiétude, murmurant qu'elle se serait attendue à tout sauf à un appel de ma part. Ses mains tremblaient et son regard revenait sans cesse se fixer sur la carnassière de cuir où étaient rassemblés les effets de son frère. J'ai raconté mon errance dans l'Aïr, je n'ai pas parlé de l'agression et de ses suites, situant la rencontre avec Ilias Aghali dans les monts Bagzane et cherchant à reprendre avec la plus grande précision le récit de la mort de Bern Atirias tel qu'il m'avait été transmis. Claire Atirias m'a écouté sans un mot, et lorsque je me suis vu déposer sur la table basse le vieux portefeuille en cuir, la pièce d'identité sans photo, et la liasse de cartes postales adressées à Nico, j'ai senti sur son visage l'effondrement de tout ce qui la tenait ensemble, sa vieille, sa tenace volonté de tenir tête, son immémoriale obstination. Longtemps ses mains ont erré parmi les objets, retournant les cartes postales et cherchant à les lire puis les reposant en soupirant puis les reprenant de nouveau comme si elle doutait encore de leur réalité. L'après-midi touchait à sa fin, j'ai accepté sa proposition de marcher un peu le long du lac, étrangement ma douleur à la jambe s'était réveillée. Ce récit qui vous a été transmis, m'a-t-elle dit, je voulais que Nico l'entende, je voulais qu'il sache que son père s'est battu pour quelque chose, et elle a ajouté : ces jeunes sont coupés de tout, ils n'ont ni foi ni loi, ni mémoire. Avant de me quitter, elle m'a serré le bras en me suppliant tout bas : si j'arrive à retrouver Nico, accepterez-vous de lui parler ? Je le lui ai promis. Par la suite j'ai repensé à ce que nous n'avions pas pu nous dire et j'ai longtemps gardé en main la chaînette d'or que m'avait tendue le jeune Touareg au regard perdu. Le lendemain soir j'étais de retour à Orvielle, la lampe du séjour était allumée et je suis resté un moment dans l'obscurité montante à tenter de deviner ton ombre derrière les fenêtres embuées. À l'instant où j'ai poussé la porte il y a eu un tintement dans la cuisine, un silence, puis ta voix, presque tranquille, *tu es là, Hugo, tu es là ?*

Portement de ma mère, *poèmes*
Stock, 2001

La Chambre voisine, *roman*
Stock, 2001 ; Livre de Poche n° 15524

Le Sentiment du fleuve, *roman*
Stock, 2003 ; Livre de Poche n° 30107
Prix France-Wallonie

L'Invitation au voyage, *nouvelles*
La Renaissance du Livre, 2003

La Lente Mue des paysages, *poésie 1982-2003*
La Renaissance du Livre, 2004

Le Vent dans la maison, *roman*
Stock, 2004

Bleu de fuite,
Stock, 2005

Composition réalisée par IGS-CP

Achevé d'imprimer en janvier 2007 en France sur Presse Offset par

BRODARD & TAUPIN

GROUPE CPI

La Flèche (Sarthe).
N° d'imprimeur : 39490 – N° d'éditeur : 80711
Dépôt légal 1re publication : janvier 2007
LIBRAIRIE GÉNÉRALE FRANÇAISE – 31, rue de Fleurus – 75278 Paris cedex 06.